網路小
Novel@
22
不溫柔宣言
告訴我，你在乎我的舉動，不只因為我們是朋友。
貓咪詩人 著
你對我說，不管我是什麼樣子，喜歡我，就是真的喜歡，
所以我不需要為了討誰歡心，而刻意改變自己。
這些溫柔的安慰，聽在我耳裡竟是如此心酸，
我害怕自己的痴痴等待，對你而言，是難以擺脫的負擔。

第一章——雨天遇見的你

細雨霏霏。

眞不喜歡這一連串下雨的日子。

我獨自站在教室迴廊前沉思，先是望了一眼不停哭泣般的灰厚天空，許久才下定決心，一股作氣冒雨穿越了對面高年級教室、科學實驗室、司令台、操場，最後來到籃球場旁的體育器材室。

籃球場上一個人影都沒有，雨不停落下，這樣的情景，怎麼看都覺得好空清。

只有我這種人才會來到這裡吧。

「呃，二年三班，要借四十五組羽毛球拍。」走進老舊窄小充滿發酸臭味的體育器材室，對著頭也不抬的老師，我怯怯開口。

沒錯，我是體育股長。

不過，正確的說法是，因爲高二下學期開學沒多久，原來的體育股長突然休學，在全班同學鼓譟下，我是被半捉弄半陷害坐上這個位置的倒楣鬼。

「可是，我根本沒有運動細胞啊！」那個時候，我惶恐得幾乎都要哭了。

只見班長英姿颯然地豁然站起身，本來以爲他是爲了我，要像傳說中的英雄救美那樣挺身而出，卻……

「誰要妳會運動的啊，知道器材室在哪裡，會去借球就好啦！」

好吧，因爲我不美，所以英雄救美這件事都是我想太多。

這就是爲什麼我會淪落到站這裡發窘。

老師埋頭苦幹，不知道是在想女朋友，還是在想著今天便當主菜會是炸雞腿或滷豬排。總而言之，我想，他沒有聽到我剛剛的問句。

提起勇氣，我打算再開口，「請問……」

猛地，那個老師抬起頭，如鷹一樣的凶狠眼睛閃閃發亮，「去旁邊登記完，自己到後面拿球！妳新來的喔？」

我被嚇得掌心和腳底板都瘋狂冒汗了。這下子當然更沒有膽子回嗆：我眞的是新來的啊！還是被班上同學群體陷害才來的。不然，誰要來你這裡聞你的臭汗味呀？

默默移步到後頭，才數完了需要的羽球拍，不料這籃羽球拍比想像中還重，就算使盡力氣，我一個人還是抬得很吃力。

難怪都沒有人要當體育股長！

我欲哭無淚地抬頭，正巧和那眼神如鷹眼般的老師對望，我已經不奢望他會親切地出手相助了，卻也沒有想到他會落井下石。

「不會吧？妳身材這麼壯碩怎麼可能搬不動？中看不中用喔！」

頓時，我難堪得要命，像聽了個不好笑的笑話，怎麼笑都笑不出來。

我不瘦，這個我知道。

但是，也實在不需要你提醒好嗎？儘管埋頭繼續想你女朋友或是想等一下中午的便當菜色就好了，眞的！

我沒說出來，因爲我本來就不是那種會嗆聲的學生啊。

俯首，繼續想辦法拖著這籃羽球拍離開才實際些。

就在這個時候，我使勁的力道突然變得輕鬆多了，就在我忍不住懷疑究竟是老天有眼還是媽祖保佑之際，一個爽朗的男生聲音從頭頂落下。

「怎麼就妳一個女生來搬這些啊？」

我循著聲音抬頭，擴大了視線範圍，才看見這張好看的臉龐，是個長相俊逸的男孩子，看起來像是剛還完球的樣子，那雙會笑的眼睛與他的聲音如出一轍，給人很有精神的感覺。

我還怔忡著，什麼話都答不上話來的時候，他已經幫我把整籃羽球拍拖出器材室外頭，「是要拿到羽球館的，對嗎？」

我點點頭，只能束手無策地在一旁，眼巴巴看著他賣力演出，只見他換了個動作，準備提氣再重新出發。遠遠地，兩個人影從雨中的籃球場那頭跑來，頗不耐煩地鬼叫起來，「怎麼那麼久，妳是去美國借羽球拍喔！」

他們是在跟我說話嗎？怎麼可能短短幾個小時之內就有兩次被陌生男子搭訕的機會呀？我狐疑地定睛，果然又是我想太多。班長和他忠心耿耿的小嘍囉來到我們面前，沒有先慰問我是被綁架了還是出了什麼事，直接劫走那籃羽球拍。

好吧，看來他們還是比較關心羽球拍。

「那，沒事了，我先走囉！」

我回過頭來，還沒來得及道謝，那個眼睛會笑的男生已經揮揮手，轉身要離開。

「等等，謝……」

謝謝你。

他已經走掉了。

只是，在他轉身的前一秒，我不經意瞥見繡在體育服上的名字當中那個「宇」字。

「在雨天遇見了宇啊……」我喃喃地。

升上高三開學的第一天，又是個下雨天。

在那次之後，我再也沒有遇見過那個名字裡有「宇」字的男生了。只是，在每個細雨紛飛的日子，我都會想起曾經有著這麼一個人，不會以戲謔嘲諷的言語調侃我笨重的身材，而是用那雙會笑的眼睛瞅著我，友善得就像縱然全世界都要與我為敵，他也會毫無條件站在我這邊似的。

我知道，是我想太多了。

但是又如何？作夢是我唯一僅有的小小權利啊。

或許……或許，我們永遠都不會再見面了也說不定。

「小胖、歐胖蔚、歐羅肥，起床了啦，要是妳敢害我遲到妳就死定了！」門外傳來弟弟鈞蔚暴走的怒斥以及他砰砰作響的腳步聲，登時，我才從想著宇的思緒裡抽離，不情願地揚聲，「好啦好啦！我知道了啦！」

其實我很早就起床了，換上湛藍色的夏季制服，將胸前的領帶打了最工整的蝴蝶結，站在直立式的穿衣鏡前檢視自己許久，平庸的長相、平庸的中長髮、略嫌臃腫的平庸體態，我猜，我還有往後六十年平庸到不行的路人甲命運。

「怎麼會這樣？」我百般無奈地自言自語起來，「都過了一個暑假，竟然絲毫沒有變漂亮的跡象，連鈞蔚都長高了五公分，走在路上都有很多女生偷瞄他了啊！」

更慘的是，那傢伙升上三年級被編進數理資優班，相較之下，身為雙胞胎姊姊的我就顯得加倍黯淡無光了。

「小胖，歐羅肥……」

「怎麼這樣喊你姊姊啊！」出聲制止的人是媽媽，大概因爲把我生成這樣而感到愧疚，每每鈞蔚扯開喉嚨大喊歐羅肥時，她都會跳出來捍衛我。

明明是雙胞胎，爲什麼聰明的頭腦和漂亮的輪廓都只聚集在弟弟身上呢？媽媽，爲什麼我和弟弟是雙胞胎卻一點都不像啊？

「詩蔚乖，你們是異卵雙胞胎啊，剛好弟弟長得像媽媽，妳長得像爸爸。」

我還記得，剛上幼稚園時，在那個總愛問「爲什麼」的小小年紀，我老是跟在媽媽屁股後頭，扯著她的裙角發問。直到某天，媽媽信手指著中年發胖，一臉大叔樣正在沙發上打鼾的爸爸，說我長得像他。

從那天起，我不再問這個令人傷心的問題了。只是，在那之後，媽媽都會趁著弟弟在畫畫或是在玩小汽車時，偷偷塞給我巧克力吃，那含淚的歉疚表情根本就是在說著「對不起啊女兒，媽媽眞的不是故意要把妳生成這個樣子的」。

就這樣，除了天生基因使然，加上後天媽媽私心的補償，狂嗜巧克力的下場就是身材愈漸向「穩重」的爸爸看齊。

現在，我能避免和爸爸出門就不和他出門，省得聽見別人熱情眞誠地讚嘆，「哇，你跟你女兒長得眞像耶，簡直就是一個模子印出來的，孩子果然是不能偷生的呀！」這類話語。

「歐羅肥！妳到底好了沒啦？」

就在鈞蔚幾乎就要破門而入時，我哀怨地從鏡子前移走了視線，再也不想看到自己這猶如大嬸般的模樣，開了房門準備下樓，「好了啦。」

媽媽坐在餐桌前拿著吐司爲我們抹果醬，塗好了爸爸和歐鈞蔚的草莓果醬，然後拿出專屬我的巧克力醬，淋在爲我特製的三層吐司上。

「鈞蔚啊，怎麼可以那樣叫你姊姊呢，媽媽說過好多次，長幼有序，要叫詩蔚姊姊，知道嗎？」

「才比我早出生三分四十二秒而已，叫什麼姊姊！」鈞蔚馬上毫不客氣地抗議，他說到一半，突然捏起我身穿夏季制服的肉肉蝴蝶袖，語帶邪惡地說道，「啊！有啦，如果是論外觀、論身材的話，就整整大我一號了啦！」

我無從反駁。好奇怪，雖然已經習以爲常，可是，爲什麼心裡還是會偷偷難過啊？

「詩蔚乖，在媽媽心中妳是全世界最可愛的女孩喔。」出門前，媽媽趁著爸爸去開車，而鈞蔚守在車庫前等候的空檔，又塞了巧克力在我掌心。

又是健達出奇蛋，我房間的櫥櫃早已經擺滿出奇蛋裡附贈的各種小玩具了。

「媽媽妳當然覺得我是全世界最可愛的女孩子啊，因爲我長得像妳最親愛的老公嘛！」

假裝沒有聽見我怨怨的嘟噥，媽媽已經繞過我，拿起門口的藍色雨傘。

「鈞蔚啊，你沒有帶傘？」

只見鈞蔚一溜煙竄上爸爸的車，耍賴的樣子像個五歲小孩。旁觀這樣子的他，還眞難想像這傢伙居然能以優異成績編進數理資優班。

「下雨天坐爸的車上學，幹麼還要帶傘啦！」

「眞拿你沒辦法耶！」溫柔的媽媽根本對這個賴皮鬼沒轍，只好轉向我，將鈞蔚的藍色雨傘同我的小紅傘一起交給我，「只好麻煩妳這個姊姊囉。」

默默接過媽媽的愛心傘，我哀怨的八字眉更加低垂了。「知道了。」

大概因爲是下雨天，同學們大多顯得精神萎靡、鬱鬱不振，相較之下，應該就屬前面座位那些吱吱喳喳交談的女生們比較有朝氣吧。

我坐在陰晦角落，默默聆聽她們這個暑假去了哪裡聯誼，誰交了新男朋友，又去了哪個歌手的簽唱會，看了哪部賣座電影……忍不住欣羨得撐起下巴，然後幻想自己也在那其中。

現實是，在班上根本沒有人緣的我，只能自己宅在家裡，看完一部又一部的重播韓劇，啃完一袋又一袋的洋芋片，最後，該死地發現哪件牛仔褲又已經穿不下了……

「對了，我跟妳們說喔……」

說話的是班上公認最具人氣的正妹廖思涵，她一開口，身邊的女孩立即噤聲，視線如同聚光燈般凝聚在她身上。雖然已經見怪不怪了，但是每每看到都還是忍不住嘖嘖稱奇，廖思涵那樣自信美麗的面容未免也太閃閃發亮了吧。

「校門口對面那間小小咖啡屋舉辦開學日大特價，今天咖啡買一送一。」她刻意頓住，驕傲地眨了眨眼，才又公布，「只限帥哥美女喔！」

周圍的女孩們一聽，無不諂媚地抗議道，「唉喔，那不就只有妳符合條件啊！」

「對呀，那間小小咖啡屋每次有優惠活動就會加註只限帥哥美女，我們誰還敢踏進去啊？」

廖思涵則呵呵地掩嘴笑了，「唉，妳們都不去的話，誰陪我去啊？」

所以就是說給我們這些人心酸的，是吧？

那妳還眞的達成目的了啊，正因爲那間小小咖啡屋常常會很囂張地在店門口公告「今日只招待帥男靚女」，所以，能在那裡進出的幾乎都是校園頂尖搶手的男生女生。

「對了，」廖思涵身旁的貼身跟班鍾婷婷忍不住八卦起來，「聽說，之前有個一年級的女生化了個大濃妝，自以爲是正妹走進小小咖啡屋，結果還被裡面的店員拿著掃把趕出來呢！」

「這麼慘？」

廖思涵故作惋惜的矯作表情眞是不怎麼自然，她邊說，一邊緩緩將眼神瞟向我這個偏遠地帶，一個不小心，或是故意裝作不小心地與我四目相對，像是特地說給我聽，

「唉，長得醜還眞的要認命呢！」

我於是慌亂地撇開與她撞個正著的視線，猛地轉頭去看外面烏雲密布的雨景，幾乎差點扭傷了脖子。

安靜幾秒，幸好鍾婷婷已經開啓了另一個以廖思涵的美貌爲中心的話題。我還是不敢貿然回過身去，希望她們不要發現我剛剛在偷聽才好。

直到抽屜裡手機發出震動，我才終於有事可做。我假裝很忙地掏出手機，看看怎麼會有人找我。

「等一下放學把我的傘拿到對面小小咖啡屋，要是敢讓我等，妳就死定了！」

讀完了鈞蔚傳來的簡訊，我無不好地聳肩，早就習慣了他打死不願意在這個學校裡與我有任何交集的龜毛堅持。如果可以，他應該會想要匿名，就爲了不想和我的名字只差一個字吧。

只是，這傢伙儘管數理再強，國文造詣根本就等於零，永遠都只會用「要是敢讓我XXX妳就死定了」的句型，久了還眞是了無新意，毫無創舉。

半晌，總覺得哪裡不對，我又回頭認眞看了一下簡訊內容。等等，他說把傘拿到哪裡？

小小咖啡屋？怎麼異常耳熟啊？

呃，不就是剛剛那些女生口中說的俊男美女的集散地？

怎麼辦？這下我眞的傻眼了。我該不會……

該不會因爲要送傘，而冤枉成爲小小咖啡屋被店員拿著掃把趕出來的第二人吧？

放學後，我獨自站在校門前，靜默凝視著對面那間傳說中的小小咖啡屋，儘管做了第十七次的深呼吸，和第二十六次的心理準備，卻怎麼都還是無法跨出無懼的步伐，勇敢接受自己即將被店員拿著掃把趕出去的命運。

「妳在哪裡？我等到咖啡都要喝完了啦！」

手機傳來鈞蔚的催促簡訊，我在心裡做了最後的默禱，只好硬著頭皮，衝了！

穿越過馬路，我在小小咖啡屋的門前定住。

這個時候，一滴滴雨珠從烏雲密布的天空墜下。老天是在嘲弄我還不夠悲慘嗎？

怯怯地在小小咖啡屋的屋簷底下站著。在這裡躲雨，應該不會被趕吧？我這麼想著。

拿出手機，想叫鈞蔚自己出來拿傘。在等他接電話的時間，忍不住偷偷探頭往明亮的落地窗裡打量。

頓時，一個似曾相識的男生闖進了我的視線。也或許是我兀自走進了他眺向窗外的朦朧雨景中，總而言之，這一秒，我們的目光是交集的。

我們就這樣彼此凝視著對方，在這個忘了呼吸的短暫瞬間，會不會他和我一樣，也在心裡靜默想像著某部電影裡的相遇場景。

然後，我隨即認出來了，是宇。

來不及從他的眼神判斷出是不是還記得我，突然間，鈞蔚接起了電話在我耳邊鬼叫。我被耳邊充滿殺氣的叫嚷聲喚醒，這下，才想起自己來到這邊的任務爲何。

「妳在哪裡啦？」

鈞蔚才不等我回答，已經霸道地設下規定，「限妳一分鐘之內立刻出現在我的視線範圍，不然妳就死定了！」

「早就在門口了啦！你自己出來拿！」邊說，我環顧四周，再回頭望向方才宇坐過的那個位置時，他已經不在位置上了。

已經不在了啊。

我心頭落得一陣悄悄的落寞，結束通話後不久，鈞蔚便大搖大擺地從店裡走出來。

「死歐羅肥，害我等這麼久……」

「你才是呢，這裡僅限俊男美女才能來的不知道嗎？」我咬著牙。

「對喔。」他聽聞，刻意擺出天眞無邪的天使笑臉，可惜對我這個深知他惡魔本性的姊姊無效。「那我等一下再進去建議老闆，看能不能改成只限俊男美女和小胖，這樣妳就可以自由進出了！」

還眞是謝謝你這麼貼心喔！我話沒說出來，後頭已經傳來催促鈞蔚歸隊的聲音。我暗自忖度，會跟鈞蔚這種惡魔當朋友的應該也很難善良到哪裡，還是先溜爲妙啊。

鈞蔚也挺有默契地揮手示意我快走，要是讓他的惡魔黨羽發現他有個小胖姊姊，他應該會難堪到想要殺人滅口吧。

只是……不知道什麼時候還能再遇見宇。下一個雨天嗎？

那麼，我私心地冀盼著明天不要放晴。

隔了一夜，早上醒來時，雨還零零星星地下著。我探出窗外望向灰色的厚重天空，茫然聽著這雨聲，無意識地又想起放學後那場將人圍困的大雨，以及那雙會笑的眼睛。

當我回眸凝視的轉瞬間，發現他的專注眼神也同樣瞅著我。

只稍想起，心跳就會不聽使喚地怦然加驟，雖然說不定那個時候宇是在放空，根本沒有察覺到我的渺小存在，也或許他心裡正滴咕著「小姐妳哪位啊」之類的話語。即便如此，我還是私心地逕自想像這是我們之間超越靈魂的深切交會。

「歐小胖、歐胖蔚！妳是起床了沒啊？要是妳敢害我遲到妳就死定了！」

又來了又來了！

與昨天無異的催促聲準時從房門外吼著，硬生生截斷了我對宇的悸動與依戀，一下子，我的思緒從那場如電影場景般的雨轉換回到自己平凡的小房間。

望著幾乎要被攻破的房門，我無語問蒼天地翻了白眼。「我早就起床了啦。」

下樓，媽媽抹著昨天還沒吃完今天繼續努力的吐司，溫柔依舊地對鈞蔚說教，讓人不痛不癢的語氣，那傢伙會聽才怪，「鈞蔚啊，不是跟你說了要叫詩蔚姊姊嗎？怎麼這麼不聽話呢？」

「姊什麼啦，才大我……」

跟昨天一模一樣的台詞再度上演，然後等會兒鈞蔚又要耍賴不肯帶傘便溜上爸爸的車，媽媽只好把他的雨傘轉交給我……

即便是這一切的一切看來都跟昨天沒有兩樣，但是，沒有人察覺到，我的心情已經不同了。

好想再見到宇。

希望今天能再遇見他。

午後，儘管天空沒有要放晴的意思，至少雨是停了。

班上男生雀躍地盼著開學後的第一堂體育課。上課鐘聲還沒響，老早便一窩蜂衝到籃球場上活動，順便晾晾幾乎要發霉長香菇的臉龐和身體。

幸虧這學期我已經脫離擔任體育股長的悲慘命運，終於可以悠悠哉走向集合處，一邊漫步，還一邊掛念心底埋藏的那個小小願望。

這個時候，我的肩膀被輕輕拍了一下。

還來不及回頭，但下意識的聯想以及澎湃不已的少女情懷都讓我忍不住以爲……會是宇嗎？是他來和我相認了嗎？他會對我說些什麼呢？

嗨，我記得妳，就是昨天和我有超越靈魂般深切交會的女生！他會這麼說嗎？還是會說，小姐，給不給把？

不不不，這太台了，一點都不像宇那種清新俊逸的風格。

或許他會非常帥氣地劈頭就問：「嫁給我吧？」

呵呵，如果他眞的向我求婚，那該怎麼辦啊？畢竟我才十七歲，高中都還沒畢業耶，爸媽會答應我這麼早婚嗎？

應該會吧，不然，錯過這檔，我恐怕這輩子再也沒人要了呀！

好吧，我想多了。

甫一回頭，我才發現一切眞的都是我想太多。因爲，站在面前的人，是我怎麼也意想不到的人氣正妹廖思涵。

「喂，妳！」她盯住我，纖細的手指正掐著我寬厚的臂膀，「該不會是肥肉太厚，才導致我這樣掐妳都沒有感覺吧？」

話是沒錯啦，不過，誰會想到，平時對我總是視而不見的她會突然跑來找我說話？

「這樣有感覺嗎？那這樣呢？」鍾婷婷見狀，也跟著對我東敲西打的，一時興起，還擰住了我的左耳，下手之狠，讓我不禁懷疑自己什麼時候得罪她了都不知道。「聽說胖的人和醜的人都跟恐龍一樣，神經傳輸超慢的，果然耶！」

弄不清楚是自尊心受傷，還是被鍾婷婷擰住的耳朵在發痛，我怯懦地倒退了一步，「嗚，好痛！」

「我問妳。」廖思涵根本懶得理會我無辜哀嚎的表情，「昨天妳怎麼會和數理資優班的男生混在一起？」

「誰啊？」我還摀著發燙的耳朵，一時反應不過來。那些長相姣好或是成績優異的族群，對我而言都是遙不可及的階層，我又怎麼可能傻得擅自逾矩？

「還給我裝蒜！昨天放學後，我明明就在小小咖啡屋前看到妳跟數理資優班的歐鈞蔚說話！」

我這才想到，她說的是我昨天拿傘給鈞蔚的那個時候。

「說，你們到底什麼時候認識的？」鍾婷婷像個跟屁蟲，在廖思涵身後附和逼問。

我頓時無言。鈞蔚和我的名字都已經是這麼明顯的暗示了，怎麼這廖思涵和鍾婷婷還遲頓得什麼都沒有猜到。我不禁深深懷疑，除了打扮自己和覬覦數理資優班的男生，她們還會留意些什麼。

最後，我很鎮定地告知。「他是我弟。」

「什麼？」她們顯然很不鎮定。此外，還百分之百無法接受這個殘酷的事實。

怎麼長得一點都不像？我都已經能猜出她們驚嚇之餘的疑問了。

所幸她們對我並無絲毫興趣，廖思涵忍不住問了她眞正想問的重點，「妳該不會也認識ＳＰ的其他兩個人吧？」

什麼？我可眞是被問倒了。

我只聽過 Super Junior 還有ShINEE而已，ＳＰ是什麼？是最新出道的男孩團體嗎？是台灣的還是日韓的啊？

鍾婷婷見我沒回答，立即拿著偵探般的審視眼光瞅著我不放，「妳該不會不知道什麼是ＳＰ吧？」

是的，我眞的不知道。

廖思涵已經忍不住翻白眼了，「拜託，妳眞的是歐鈞蔚的姊姊嗎？冒名的吧？」

我也不想要有那種惡魔弟弟好嗎？

於是，我也輸人不輸陣地跟著翻起白眼，翻轉的眼球飄向不遠處的籃球場。唉唷，這下子還眞的是說人人到，那傢伙竟然就在籃球場中央晃來晃去的，難道他跟我們同一節體育課嗎？有沒有這麼巧啊？

廖思涵還沉浸在自己的世界裡，看來她們還沒發現……

還沒等到廖思涵或是鍾婷婷解釋到底什麼是ＳＰ，忽地，一聲聽來慘絕人寰的哀叫吸引了球場上所有人的驚愕目光，引來不小騷動。大家議論紛紛地靠近查看，還搞不清楚發生什麼事，一個男生已經從圍觀群眾被扛出來。

那個掛彩的倒楣鬼怎麼身形和我家小惡魔有幾分像啊？正當我這麼想著，廖思涵已經早一步喊了出來，「是歐鈞蔚！他被籃球打到受傷了！」

連身邊的鍾婷婷也跟著激動地嚷嚷，「那是SP的班級耶，他們跟我們同一節體育課。妳看，張駿宇和簡良智都在那裡！」

「哇，我弟受傷了耶。」最後出聲的是我，只用平淡的語氣冷靜陳述一個事實般。

「奇怪，妳弟受傷了，怎麼一點都不擔心啊！」

奇怪，就算我擔心了，我弟受的傷就會立刻好起來了嗎？而且不是都被送去保健室了嗎？有保健室阿姨的專業照料，我還需要擔心什麼？

「那邊的同學，不要再圍觀討論了，」體育老師不知道什麼時候現身的，趕忙揮手示意清場，「上課啦，體育股長，快來整隊帶操！」

「走了啦，上課了！」廖思涵轉身就要走。

但鍾婷婷的視線還停留在鈞蔚被送走的那個方向，久久無法轉移開，有沒有這麼深情啊她？

「希望我的鈞蔚沒事才好。」她小聲地喃喃道，深鎖的眉頭之間滿是少女的憂愁。

妳的……鈞蔚？殊不知我已經抖落一身雞皮疙瘩了。

體育課下課後，我還來不及尿遁落跑，就已經被廖思涵和鍾婷婷逮個正著，她們一左一右一搭一唱地硬是要我帶她們去保健室看受傷的鈞蔚。

「我是真的很擔心他的傷勢嘛！」

鍾婷婷溫柔婉約的哀求模樣，讓我差點忘了上一節課狠狠擰我耳朵的那個惡婆娘是誰。我驚訝著愛情的力量之大，竟然可以讓一個女生有這麼神奇的轉變，然後，我驚奇的不只這些，還有……

「拜託啦，詩蔚！」一轉眼，鍾婷婷已經挽起我肉呼呼的手臂，用發嗲的聲音，「我們是好朋友啊！」

我們是好朋友……嗎？什麼時候的事？我怎麼不知道？

廖思涵也跟著幫腔，「妳很小氣耶，這點小忙都不幫，不是有句話叫心寬體胖嗎？妳肥成這樣，怎麼一點同情心都沒有啊？人家鍾婷婷是真的很擔心歐鈞蔚耶！」

唉，我當然知道鍾婷婷很擔心鈞蔚的傷勢啊，但是，萬一發現人氣正妹知道我是他姊，我更擔心鈞蔚會殺了我呀！

不管我到底有沒有答應，廖思涵鍾婷婷就是揪著我一路往保健室的方向去。總而言之，根本沒有人會在意我的生命安全嘛，我只能暗自哀嘆自己的苦命，半晌，我們已經來到保健室門口。

鍾婷婷在進門前刻意放慢了腳步，先對著旁邊倒映的玻璃整理完頭髮，又不知道哪裡變出來唇蜜和腮紅開始抹起來。

當她就要轉出睫毛膏的刷頭開始下一個化妝步驟，廖思涵已經不耐煩，逕自揚聲詢問：「請問，三年一班的歐鈞蔚……」

保健室阿姨看看尚在梳妝打扮的鍾婷婷，即刻便猜出了我們……呃、不，是她們的來意，想必她們應該不是第一組前來關心的粉絲團了吧。阿姨略帶抱歉地微笑，「他已經搭計程車回家休息了喔。」

「這樣啊……」

鍾婷婷聞聲，倏地落下忙著刷著睫毛膏的手，失望的表情全寫在臉上，那樣扼腕的程度，好比僅差一個號碼就中統一發票頭獎的痛心。

相反的，我則喜上眉梢，雙手按住一直忍不住上揚竊笑的嘴角，慶幸自己終於逃過一劫，「哎呀，這眞是太可惜了呀！」

同時，廖思涵和鍾婷婷轉頭過來瞪我，害我不得不耍冷改口，「喔，我是說，他搭的是 taxi 呀，不是太可惜了啊……」

「不好笑！」鍾婷婷丟下這句，便和廖思涵兩個悻悻然離去。

不會呀，我眞的覺得滿好笑的耶。

「是 taxi，不是太可惜，唸很快的話，不覺得音很像嗎？」面對保健室阿姨的滿臉問號，我還很認眞解釋了一下這個笑點，眞心希望有人也能欣賞我的幽默。

「呃，妳的笑點很低喔。」最後，她尷尬地如是說。

然後，我也跟著發窘了。

「對了！」這個時候，我才很遲鈍地想到，既然都來到這裡了，應該要關心一下胞弟的狀況吧，「請問歐鈞蔚還好嗎？」

「他沒事，只是頭頂被球打到的地方腫起來了，剛剛好多女生都跑來這裡關心呢，」

說到這裡，保健室阿姨才恢復了方才良善溫柔的模樣，「妳也是ＳＰ的粉絲嗎？」

「阿姨妳知道什麼是ＳＰ啊？」

「呵呵，就算之前不知道，今天也見識到啦。」

原來，不過是兩個月前的事情而已。

高三剛分班的那個暑期輔導，鈞蔚和兩個同班的男生在熱舞社練舞的影片被傳開，因爲他們的笑容太過燦爛，於是拍攝者就擅自幫他們取名爲 Smile Prince。

據說，原本冷清到狗不拉屎鳥不生蛋的學校網站，一夕之間點閱人數狂飆破萬，甚至還有二年級學妹幫ＳＰ在數個不同的社群網站成立專屬社團。

我聽得一愣一愣的，怎麼聽就覺得和我家那隻惡魔的形象不符啊，倒是……

風吹動了保健室裡的純白色窗簾，不知道什麼時候又開始下雨的，透明的雨景滴滴落在我的心裡，悄然觸動了我懵懵懂懂的期待。

我想起了雨中的那場短暫邂逅，那雙會笑的眼睛，若要說我心中的 Smile Prince 是什麼樣子，那一定會是……

宇，雨天遇見的那個你。

第二章——我的微笑王子

直到放學，我還是沒有遇見宇。

抱著這輩子大概再也見不到他的絕望心情，慢呑呑地獨自走在回家路上，雨淅瀝淅瀝下著，連老天像都在爲我哭泣。

腳邊踏過一圈又一圈擴大的漣漪，我忍不住悲情地自怨自艾起來，或許，我這輩子都不會再戀愛了也說不定。

才這麼想，卻在下個路口出現了超級戲劇化的轉折，我的人生從此綻放出無限光芒，就連頭上的烏雲都自動默默飄開，天空乍晴，頓時一片光明。

是宇。

絕對不會錯，他就站在路口處，不知道是在觀望什麼，那樣沉思中的側臉眞是好看極了，但是……

怎麼辦怎麼辦啊？

我緊張得在原地來回踱步反覆思量，那麼，現在我是要假裝沒事地跟他擦身而過嗎？還是要衝上前向他要簽名順便告白，說「喂，我也是你的忠實粉絲喔」！還是要說「是我！你還記得嗎，就是那個與你有過靈魂交流的女生啊」……

我躲在電線桿後面傷腦筋，一時之間還沒個結論，趁我沒注意的時候，他已經朝我這邊走來，安然地站在我的面前了。

「請問，妳知道這個地址怎麼走嗎？」

「咦？」我指著自己的鼻子，怎麼樣都難以置信他是在和我說話。「我躲在電線桿後面，你怎麼還看得見我啊？好犀利的察覺力啊，在下眞是佩服佩服！」

「呃……」他則尷尬地指了指我比電線桿還要粗壯得多的身材，「其實，只要近視不是太深，都可以看見電線桿後面有個人在自言自語耶。」

什麼？所以，他還聽見了我剛剛天人交戰的自言自語了嗎？

啊，怎麼會這樣！

接著，我一邊尖叫一邊轉身衝回家。

怎麼辦？我幻想中的浪漫相遇明明就不是這個樣子的呀！嗚嗚，這輩子我都沒有臉再見到宇了啦。

火速回到家，我趕緊甩門上鎖，還神經質地在窗邊探頭探腦檢視外面的動靜。媽媽見我這副鬼鬼祟祟的舉動，關心地問我發生什麼事，不會是被奇怪的人跟蹤了吧，鈞蔚則癱在客廳沙發上，頭部頂著一袋冰塊，看起來可憐兮兮的，嘴上卻還不饒人。

「只有考古學家會想要跟蹤她吧？」

媽媽還沒反應過來，一臉納悶。「爲什麼？」

「因爲他們畢生都在研究恐龍啊！」說完，鈞蔚已經自己哈哈大笑起來了。

就知道！說我是恐龍妹？

「我是恐龍妹，你就是恐龍妹的弟弟恐龍弟啦！」

他瞪住我，想想也算是有幾分道理，終於識相閉嘴。

很好，受傷的人就該乖乖養傷嘛！誰知道，才安靜沒有多久，門鈴驟響，我頓時嚇得從沙發上跳起來。

「妳幹麼反應這麼大？是做了什麼虧心事？不會是偷了誰的內褲被逮到吧？」

我紅著臉急忙反駁，「那是中年變態男子會做的事情好嗎？」

「妳宅了那麼久，誰知道心態還正不正常？」他撇開頭，大聲自言自語，分明就是要說給我聽的。

「說話這麼狠，就知道你的傷勢根本就是裝的，去開門啦！」

「才不要，我頭痛死了。」語畢，鈞蔚耍賴地橫躺在沙發上，一動也不動地裝死。

這個時候，門鈴不甘示弱的又響了兩三聲，連媽媽都從廚房探頭出來催促，「詩蔚乖，快去開門！」

鈞蔚聽聞，瞟來一記代表勝利的機車眼神，示意叫我快點認輸去開門吧！

我只得摸摸鼻子，聽話地站起身來走去開門，然後……

我，傻，眼，了。

「你怎麼會在這裡？」兩秒後，我不受控制地尖叫出來。

「妳怎麼會在這裡？」看來，站在門口的宇也十分驚嚇。

「她是誰啊？」宇旁邊不知道什麼時候飄出來的路人甲也跟著出聲。

鈞蔚從沙發上探出頭。「你們怎麼都來啦？」

有沒有人可以解釋一下，現在是什麼情形啊……

我偷瞄了鈞蔚的表情，發現他也狀況外的樣子。

「都到了呀！」面對這樣尷尬的混亂場面，最後，是媽媽一臉從容地從廚房走了出來，彷彿宇和那個路人甲才是媽媽的朋友似的，「怎麼都愣在門口啊，快進來坐！」

「媽！爲什麼我朋友會出現在這裡？」

宇和路人甲一踏進門，屁股都還沒坐下，鈞蔚已經忍不住哇哇叫。唉，也眞是可憐他了，被朋友發現原來他有個同校同年級的恐龍姊姊，這下，苦心經營的完美形象應該全毀了吧？

「我們是來幫你送書包的！」語畢，宇還眞的從背後遞出了鈞蔚的書包。

我因此感動得幾乎痛哭流涕，沒想到宇長得帥就算了還這麼善良，「好有愛心喔，跟我家的惡魔簡直天壤之別嘛。」

一不小心，我便眞情流露地將心裡的ＯＳ全吐出來了。

「這裡沒有妳說話的份。」鈞蔚惱羞成怒地對我說。

也是。

那麼，小的就先退下了。

「別這樣嘛，」媽媽臉上堆滿和藹的笑容，「鈞蔚你受了傷先坐車回來，把書包忘在學校不是嗎？是媽媽拜託老師，請同學幫你把功課帶回來的，順便邀請他們一起來家裡吃晚餐啊，媽媽煮了一桌子拿手菜呢！」

鈞蔚看來不能接受也得接受，他無力地接過書包，然後大字型癱在沙發上。

那個路人甲根本不曉得鈞蔚的複雜心情，還興沖沖說著。「喂，爲了來這裡，我們剛剛還在路口迷路耶。」

「是喔……」

「趁我在綁鞋帶的時候，張駿宇說要去問路，竟然就這樣一去不回，害我在外面遊蕩了好久，差點被外面的大野狼吃掉呢！」

有沒有那麼誇張，你還眞以爲你是小紅帽啊？

「我還想說張駿宇怎麼丟下我就這樣落跑，結果你知道嗎，他說他……」

原本我已經退到廚房裡了，但聽到這番話，忍不住作賊心虛地默默移動，躲到樓梯扶手後面方便竊聽，心裡還很得意地想著：躲在這裡，他們應該看不見我了吧。

我就這樣咨意地打探起來。其實，這個差點被大野狼給吞了的路人甲也長得不差嘛，只是比我心愛的宇略遜一籌就是了。一邊偷窺客廳裡他們三人，我還一邊陶醉在自己的世界，他們三個之中，還是我的宇最帥最棒了。

咦，等等，三個人？

他們三個不會就是傳說中的ＳＰ吧？直到此時此刻，我才非常遲鈍地把他們跟Smile Prince這個名號聯想在一塊，難道他們說的都是眞的，肥胖的人眞的跟恐龍一樣，神經傳輸都特別遲緩嗎？

喔，原來他們就是讓少女們爲之瘋狂，讓廖思涵願意開口跟我說話的 Smile Prince，原來，宇的名字叫張駿宇啊……

「張、駿、宇。」好好聽的名字喔。

我一遍又一遍默唸複誦著，彷彿只要這樣，這個名字就能永遠刻在我的心上，卻不知道，心有所感的宇一回過頭，便輕易發現了正鬼祟探視他的我。

奇怪，我都躲來這裡了，他怎麼還看得見我啊？

那雙會笑的燦亮眼睛閃過一絲調皮狡猾的神情，對我促狹地眨了眨眼，像是說著「捉到妳了」！

我立刻轉過身去，假裝很認眞地在擦拭樓梯扶手，並不是在偷聽他們的對話，要是眞的聽到了，那也只是很不巧剛好聽到而已。

我擦，我擦，我擦擦擦。我怎麼都不敢抬頭，深怕滾燙泛紅的臉龐會洩漏了什麼。爲了掩飾自己的心虛，我還萬分刻意地扯開喉嚨，「媽，妳平時在家裡都偷懶喔，這個樓梯扶手都是灰塵耶……」

「張駿宇你在看什麼？」

「沒。」他回答完，朝我莞爾一笑。

只是，順著宇的視線，身旁的路人甲又想起了剛剛沒人回答他這個問題。

「喂，她到底是誰啊？」

我想，繼廖思涵、鍾婷婷和宇以及那個路人甲先生之後，歐鈞蔚竟然有個同校的恐龍姊姊這件新聞應該很快就會在校園裡傳開了吧。

可憐的鈞蔚，儘管隔天清晨賣力地繼續裝頭痛，想逃避這個已成定局的殘酷事實，還是被英明的爸媽一眼識破，不管怎樣都要他上學。

我這邊也平靜不下來。第一節下課，廖思涵和鍾婷婷便來吵我，無論如何都要我帶她們去探望鈞蔚。

唉，眼見事情都發展到這個地步了，想來鈞蔚應該也不會再想殺我滅口吧？於是，在廖思涵和鍾婷婷半哄半騙半要脅之下，我們三個就這樣來到數理資優班門口。

鍾婷婷手裡不斷攬著要給鈞蔚的愛心ＯＫ繃，廖思涵則是風情萬種地將散落在臉龐的秀髮單邊勾在耳後，露出了自信漂亮的模樣，開始搜尋她的獵物。我躲在她們身後，希望鈞蔚不要太生氣才好。

「哎？妳不是小胖歐胖蔚嗎？」突然，一個自以爲親切的聲音從我頭頂傳來，我不情願地抬頭，正好和那個路人甲先生四目相對。

聽說他的名字叫簡良智。

「妳是來找歐鈞蔚？他不是禁止妳在學校裡和他相認嗎？早上他還說因爲被我們知道妳是他姊的事情，他超想逃學的！我眞的很同情他耶，如果我也有這麼一個恐龍姊姊，我一定超想死的！」

虧你還叫良智，說話那麼狠，一點良知都沒有，還配不配這個名字啊！我在心裡這麼想。

我悶悶地無話可說。此時，宇似乎看見了我們，從教室裡走出來。廖思涵大方地主動出擊和宇打招呼，他們認識嗎？什麼時候認識的呢？我好想知道，卻一個字都插不上話。

終於，宇注意到我的沉默，對著我微笑說話。那雙會笑的眼睛眨呀眨的，我的小宇宙頓時爲之燃燒，就算此刻燃燒殆盡了也無怨無悔。

「妳人緣很好喔，廖思涵說妳是她在班上最要好的朋友耶。」

鍾婷婷聽到，臉刷地變綠，她怒瞪著我，心裡大概還在狐疑地捉摸我到底什麼時候竄的位，竟然搶走了她在廖思涵身邊的跟班位置。

「哈，普……普通通啦。」我頗不好意思地尷尬笑著，心裡多少因爲突然竄位成爲人氣正妹廖思涵的朋友而竊喜，畢竟，這份殊榮可不是每個人都能有的呀。

想到這裡，我更虛榮地挨近廖思涵身邊，好像只要站在閃閃發亮的人氣正妹旁邊，自己也會變得受歡迎些。

沒人察覺我不切實際的白日夢，廖思涵眼見機不可失，拿出交際花的手腕接著邀約，「對了，下下星期六我生日，約了幾個同學要去唱歌，你們一起來，好嗎？」

「既然是美女的邀約，就恭敬不如從命囉！」

鈞蔚不知道從哪裡冒出來的，他單手搭上了宇的肩膀，神采飛揚的樣子和簡良智形容的情況根本是兩回事嘛。

只是，聽他這麼油腔滑調的流利應答，這傢伙的國文造詣什麼時候突飛猛進的我怎麼都不知道啊！眞是……

「那個，鈞蔚你好，我也是詩蔚的好朋友，我叫鍾婷婷。」

鍾婷婷看到目標終於出現，臉上又刷地泛起一抹桃紅，怯怯地遞上幾乎被她揉皺的愛心ＯＫ繃，「聽說你昨天受傷了，所以、所以我……」

「愛心ＯＫ繃哪有什麼用，要愛的呼呼才會好啦……」簡良智在旁邊起鬨地叫了起來。

我想，鍾婷婷此刻應該覺得她眞正的好朋友是簡良智才對吧。

而後，廖思涵說我是她最要好的朋友還眞的「半點沒有虛假」。

這幾天，放學前的打掃時間，她竟然都主動邀我一起走到班上的外掃區。在這之前，班上從來沒有幾個人會跟我說話，更遑論要和我一起行動了。所以我眞的好開心，也由衷感謝鈞蔚，因爲沾了他的光，我終於交到朋友了。

感激涕零之餘，順從地跟著鍾婷婷來到高年級教室前的榕樹下，順從地接收了她遞給我的竹掃把，順便順從地接受了來自廖思涵的命令，「好朋友就是要互相幫忙對吧，我們的好朋友！」

就這樣，我開始掃起我好朋友們的打掃區域，廖思涵及鍾婷婷也不離不棄地一直陪在我身邊，只是，她們是坐在榕樹下的石椅上，逕自開心聊著她們的話題。

「怎麼辦，我還沒想到和駿宇他們去唱歌要穿什麼衣服耶！」

「妳穿什麼都很好看。」鍾婷婷不由得這麼附和著，她話鋒一轉，「喂，思涵，妳覺得我要穿上次買的那件黑色連身裙還是要穿牛仔短褲配短靴啊？」

「看妳覺得怎樣好看啊！」廖思涵懶洋洋地敷衍，她邊玩弄自己的頭髮，「那天我想把頭髮上電棒捲，看起來才不會那麼死板板的，一眼望去就知道是高中生！」

「也是，大波浪捲的髮型最適合妳了！」
「對了，下課後順便陪我去買個瞳孔放大片吧，上次買的都用完了。」
「好啊，那我想再買一件無袖的衣服來配我之前買的一件短裙。」
我豎著耳朵，一邊認眞掃地，一邊也很認眞地聽她們討論下課後要去哪裡逛街買衣服。
我忍不住樂觀地幻想，或許，在不久之後，廖思涵鍾婷婷也會約我一起出去，到時候，我一定會主動幫她們扛包包還有遞飲料的。
「嗨！這裡是妳的掃地區域啊？」
宇從二樓迴廊探頭下來，很親切地和我打招呼。我都還沒來得及整理自己的儀容再露個練習已久的可愛笑容，便被不知道什麼時候衝過來的廖思涵擠到一旁去了。
「嗨，駿宇！」她相當從容地伸手打招呼，就連隨意彎起嘴角的笑容都比我練習了好幾個晚上的要美了十萬八千倍。
我被廖思涵侵略性十足的電力閃到，還沒站穩又退了一步，正好絆到腳下的竹掃把，登時，一個重心不穩撞上旁邊的榕樹幹，然後摔了個狗吃屎。
「喂，有沒有怎樣啊？」不愧是我心目中的小天使，宇看起來好像很擔心的樣子。
只是，我還沒有回答，他身邊的鈞蔚已經搶著幫我發言了，「不用擔心啦，我們家歐小胖渾身贅肉都是安全氣囊，就算去六福村玩大怒神被甩出去也會安然無恙的！」

鍾婷婷含情脈脈地笑了，「鈞蔚好幽默喔。」

不知道是鍾婷婷的話太噁心還是我剛剛眞的摔得腦震盪，我覺得自己快要吐了！

幸好簡良智也頗有同感的樣子，最後，他邊做出乾嘔樣邊說了公道話。「這眞是盲目的愛啊。」

廖思涵生日這天，大清早的，鬧鐘還沒有響，我就被隔壁鈞蔚房裡那不安分的砰砰聲給吵醒了。

睜開惺忪睡眼，奇怪，我的房門怎麼是開著的啊？再環顧四周，咦？我的穿衣鏡竟然不翼而飛了！

這是什麼情形？家裡遭小偷我卻渾然不知嗎？怎麼辦，我現在是要先尖叫還是要先打電話報警啊……

「歐小胖！」還在猶豫我到底要先尖叫還是先報警時，鈞蔚一副老神在在的樣子從門外走來。「我的髮臘用完了，妳這裡有嗎？」

我悲憤的從床上跳起來。「家裡都遭小偷了你還有心情在這裡抓頭髮？」

「妳是還沒睡醒在夢遊喔？」鈞蔚聽到，從我頭上毫不留情地敲了一記，好響亮。

「快點借我髮臘啦！」

我痛得快要掉淚之餘仍還不忘掛念家裡的情況，「我哪有那種東西啦，媽媽呢？不會跟我的鏡子一樣也被小偷偷走了吧？嗚，媽媽……」

「妳的鏡子在我房間啦，借用一下妳是會少一塊肉喔？」

語畢，他邪惡又輕蔑地補上一句，「少一塊肉不是更好嗎？省得妳每天都晃著肥滋滋的五花肉礙眼！」

頓時我安靜了。

面對這習慣性的委屈，說不難過當然是騙人的。

畢竟誰不想要漂亮呢？只是，在試過坊間無數奇怪的減肥方法，我的肥肉還牢牢掛在身上，我真的不知道還能怎麼樣了。

「不如投胎重新做人比較快吧！」還記得上次減肥失敗，鈞蔚是這麼發自內心地建議我的。

百般無奈地嘆氣，我隨著鈞蔚回到他房間，看見我的穿衣鏡前堆滿一件一件的衣服，可想而知，鈞蔚爲了參加廖思涵的慶生趴是多麼精心打扮了，而我，望著鏡中反射出臃腫難看的我自己……

「閃開啦，歐小胖，妳擋到我照鏡子了！」

是的，小胖根本不需要裝扮。

因爲再怎麼遮掩，也掩飾不了這一身脫不掉的厚重脂肪。

就這樣，帶著陰沉沉的心情來到學校附近的好樂迪。夾雜在這群俊男美女之間，看著他們漂亮出色的外型，我只會更加自慚形穢，早就忘了今天能夠親近宇的雀躍初衷，不知道自己爲什麼要來到這裡自取其辱。

「呵呵，小胖蔚，妳還眞的發揮了標的物的功能耶，」廖思涵姍姍來遲地嬌笑道，「本來還擔心找不到你們，沒想到遠遠就能看見妳這個龐然大物耶！」

然後，我可悲地聯想到自己曾經很天眞地讚嘆宇的察覺力之好，能夠發現躲在電線杆和樓梯扶手後面的我，殊不知都是因爲我是個龐然大物，那些細瘦的小物體根本無法藏匿我的肥胖身體。

我冷不防狠狠抖了一下，大家早就亂哄哄笑成一團了，我卻渾然不知自己原來是個笑柄。

在宇的眼中，我也是如此嗎？

偷瞄了他一眼，他剛好看向我，帶著笑意的眼睛燦亮亮的，好不吸引人，「妳穿便服的樣子滿可愛的嘛！」

是對我說的嗎？當我回頭，確定了身邊並沒有別人，感動得差點痛哭流涕。宇不知道，他的一句話便能拯救了我的全世界。

「謝謝，你也……」

我試著要釋出善意，卻被廖思涵一把推得老遠。她嬌滴滴的聲音任誰都無法抗拒，宇就這麼順從地被她牽著走，「走啦，我們進包廂！」

他們就這樣從我面前掠過，咻地捲起一陣空落落的風。

我早該預想到的，整場慶生趴下來，別說我連麥克風的邊都沒有沾到，就連一杯飲料也沒喝到，只能獨自坐在沙發邊最陰暗的角落，眼巴巴望著廖思涵黏著宇，鍾婷婷纏著鈞蔚，而那個一點良知都沒有的簡良智正在點歌機前按個不停，不知道已經點了幾首歌，說不定可以開場個人演唱會了。

「喂，歐小胖，我的飲料沒有了，幫我去倒！」

「我也要！我不喝可樂喔，我要檸檬紅茶加冰塊！」

「我也要，我要橘子汽水，一點點冰塊就好！」

因爲鈞蔚一聲慣性的使喚，大家也有樣學樣第叫了起來。反正閒著也是閒著，我乾脆當起了端茶水小妹，在飲料吧和包廂之間來來回回。

「謝囉。」廖思涵接過飲料杯，還沒喝下，已經高八度怪叫起來，「這什麼啊？我不是說我不加冰塊嗎？」

「抱歉，那我再倒一杯好了！」我感到惶恐，才要轉身，她把杯子往我一退，正好灑得我整身都是。

「妳在幹麼！淋到我的鞋子了啦！」她氣得跺腳，「知道我這雙鞋多少錢嗎？」

顧不得自己的衣服也濕了，我趕緊抽了衛生紙要搶救廖思涵看起來價值不斐的鞋，

「對不起、對不起，我不是故意的！」

「誰知道妳是眞的故意還是假的無意啊？男生的飲料妳就不會倒錯，思涵和我的飲料就偏偏搞錯，我剛要一點冰塊妳就倒得整杯都是冰塊！」

鍾婷婷護主心切地跳出來幫腔，頓時，整個包廂氣氛凝結，簡良智見狀，停下了演唱，用麥克風傳送，「唉啊，她不是故意的啦，胖的人比較笨嘛！當然容易弄錯啊！」

「對不起對不起，我再去、再去倒過！」丟下這句交代的話，我難堪地匆匆離場。

怎麼辦，廖思涵生氣了，鍾婷婷好像也很憤怒的樣子，她們會不會不再當我的朋友了？好不容易在班上終於有人願意跟我說話了，沒想到現在又……

想著想著，紛亂的思緒在腦中胡攪翻轉。我手一滑，眼見杯子就要落下，眼一閉，卻沒有出現想像中的聲響。抬頭，宇驀地出現在我面前。

他穩穩接住了那只杯子，或許，還不止這樣，這秒他還緊緊接住了我慌亂的心。

「還好吧？我來幫妳。」他沒事一樣地開口。

我只覺得我的眼眶逐漸發熱。

「爲什麼對我這麼好？」哽咽著，我不敢讓他發現，只低垂著臉。

「因爲妳像我小時候養的那隻阿肥，所以很有親切感。」

說到這個，宇就像個孩子一樣口沫橫飛地敘述著，「阿肥是一隻小白兔，長得很可愛喔，一開始小小隻的，可是誰都沒有想到牠那麼會吃，而且還一點都不挑食，愛吃蘿蔔也愛吃地瓜，後來吃著吃著就身材走樣，胖到幾乎跳不動了喔，那樣肥嘟嘟的身體還常常讓人誤會我們家養的是貓咪呢！」

我哭著，也忍不住噗嗤笑了，該覺得開心嗎？說我像一隻肥兔子？

「啊，妳笑了！」他瞅著我，那雙會笑的好看眼睛讓我忘了方才的不堪與難過。望著這樣遂亮的純淨眼眸，我問：「我是不是眞的很醜很糟糕啊？」

「幹麼這樣妄自菲薄啊，我覺得不會呀，妳很、很……」

善良的宇偏頭想了又想，想了半天卻又想不出話來安慰我。要閉著眼睛說我漂亮嗎？我是眞的長得很抱歉啊，要昧著良心說我有氣質？似乎又有說不出的牽強。

因爲他過分誠實的表現，我又掉進了自卑的萬丈深淵，許久，我幽幽地吐出一句，「我很醜，可是我很溫柔。」

「那不是媽媽那個年代的歌嗎？妳的玩笑好復古喔！」大概覺得尷尬吧，宇乾笑兩聲，才又說了，「不過，這就是妳可愛的地方喔。」

我？可愛？

這是他第二次說我可愛。

一直以爲我跟這些稱讚女生的字眼沾不上邊的，而這天，宇卻一連說了兩次我歐詩蔚可愛。

我怔怔的，心情從萬丈深淵一路爬升到天堂唱著哈雷路亞，沉默之中，宇慢慢地靠近我，他怎麼了？難道因爲近看更發現了我的可愛，進而迷戀上我了嗎？

他現在是打算要吻我了嗎？這會不會發展得太突然了些？

沒關係的，我情不自禁地像電影裡經典橋段那樣閉上期待的雙眼，嘟起嘴唇，我準備好了，來吧，宇，這是我苦守了十七年的初吻啊！

「這裡，」他終於出聲，打斷了我想吃天鵝肉的幻想，「妳的嘴邊沾到什麼髒髒的？是偷吃什麼東西呀？」

儘管他沒有吻我，不過這樣親暱的距離已經夠我竊喜一整天了，撫著仍狂亂的心跳，我故作鎮定，「哪裡啊？」

「幫妳抹掉了啦！」他輕輕一擦，甜甜地在我耳邊叨唸，「像小朋友一樣！」

因爲這意外的「肌膚之親」，我幸福得開始傻笑，「好像是早上吃健達巧克力的時候沾到的。」

「是健達出奇蛋嗎？那是我小時候的最愛耶！」

「我也是！」我不可思議地叫了出來，然後從口袋掏出來。這一秒，我認眞覺得我們是天造地設註定要在一起的呀！

「哇塞！超懷念的，」宇望著我問的樣子像個討糖吃的小孩，「我可以吃嗎？」

「好呀！」我將巧克力遞給他，就算你想要天上的星星和月亮我都會設法爲你摘下的，我差點脫口這樣無稽地保證，「給你。」

「知道嗎？小時候我最愛問我媽媽的一個問題就是『媽媽，為什麼我和弟弟長得不一樣啊』？」

宇一邊剝開蛋殼一邊應和，想要吃巧克力的表情眞的好可愛。「嗯？」

而我看著這樣親切的宇，不知不覺說起了媽媽因為把我生成這副德性很愧疚，於是總拿這個健達出奇蛋哄我的成長故事。

他乖乖地點頭聆聽，津津有味地吃著，先是剝了一小塊送進嘴裡，接著，滿臉幸福樣地又剝了一小塊，小心翼翼像獻寶似地遞送到我的嘴邊，要餵我吃。

我還沒有會意過來，只是傻傻望住他靠得好近的身體與臉龐，那樣友善溫馴有如小動物般的表情眞的好萌，叫人幾乎融化在巧克力般的濃濃甜蜜裡。

「妳不會醜。」宇沒有發現我此刻微醺的酡紅雙頰，只是逕自發表言論，「只是長得和鈞蔚不像而已，他比較高瘦，五官輪廓都比較深，妳比較圓潤，臉蛋嘛，比較……」

「普通。」說到這裡，我就像被照妖鏡照到現出原形的醜陋妖孽，自暴自棄地說起喪氣話，「那就是醜嘛，還說那麼多……」

「原來你們在這裡！」廖思涵冷著臉跑出來，斷然插話。「我們等了好久都等不到你們切蛋糕。」

「啊，抱歉！」

宇笑得天眞爛漫。見到這樣無敵的笑容，廖思涵應該不會這麼生氣了吧。

「快回去啦，竟然讓我這個壽星自己出來找人，你們好意思呀……」

廖思涵的語氣明顯軟化，噘著漂亮的嘴唇，她朝宇說：「哼，下次罰你請我喝飲料才要原諒你！」

「沒問題！」宇俏皮地吐吐舌，不忘拉著在旁邊唯唯諾諾的我一起走。

我沒有注意到，本來領在最前面的廖思涵，在進包廂前刻意拉了宇停下，示意要端著飲料的我先進門。接著，還搞不清楚發生了什麼事，我的視線已經糊成一片花白。

「Surprise!」

頓時，我的臉龐頭髮甚至衣服上都充滿了甜膩的奶油香味，黏稠稠的感覺更是怎麼都揮之不去。當我茫然的目光瞄到那個變形的蛋糕，這才驚覺到：我被蛋糕攻擊了。

「對不起，我們以爲妳是壽星耶！」鍾婷婷站在最前面，雖然說了抱歉，但是理直氣壯的態度並沒有絲毫歉意。

宇是最快反應過來的，他走過去抽了桌上的衛生紙想要幫我擦拭，但是……

怎麼可能以爲我是壽星就對我砸蛋糕？鍾婷婷向來對廖思涵最恭敬忠誠了，怎麼可能敢把蛋糕往她那張漂亮的臉上砸？

我甩掉手上的奶油，試圖整理情緒，只是，幾經深呼吸，還是覺得難堪得快要哭了。我喃喃說著我沒關係，眞的沒關係，還自嘲地說了，這個口味的滿好吃的嘛。

「有沒有這麼貪吃啊妳，難怪肥成這樣……」不知道是誰高聲嘲弄著。

而我再也隱忍不住，轉身逃離。

雖然她們說肥胖的人跟恐龍一樣，反應神經都比較遲鈍，但是，再怎麼遲鈍，我還是深刻感受到我被排擠了。

當然，我本來就不受歡迎了。

但在廖思涵的慶生趴過後，被冷落隔離的事件更加昭然若揭。她們會在上課時間老師轉身寫黑板的空檔，摺紙飛機猛往我頭上試飛發射。廖思涵那群公主幫的打掃區域也都莫名其妙變成了我負責善後的工作。有時候，鍾婷婷會不小心把我的便當灑在地上，而有時候，是總務股長跑來追問我說便當少了，不會是被我偷吃掉了吧？

面對這些好沒創意的霸凌，我都只能選擇忍耐。之後，我好不容易學聰明，每天午餐時間一到，就會默默躲到新建的校舍後面去吃麵包。

這天，天氣晴朗，已經是涼秋的天空感覺好清爽，我在排列高聳的欒樹底下舒服地尋了個空地隨意坐下。

遠離了那群公主幫的勢力範圍，終於能夠徹底放鬆心情，安然度過這刻悠閒的午餐時間。只是，才這麼想，卻天不從人願……

「中午只吃麵包，妳不會是想學那些女生減肥吧？」

誰？是誰在說話？

我嚇得下巴掉下來，闔不攏的嘴裡馬上流出一抹巧克力醬，驀地定睛，落入視線的畫面，是宇好整以暇地正瞅著我，他……怎麼會知道我在這裡的？

幾天不見，他還是這麼迷死人不償命的好看，那雙會笑的眼睛在晴空底下映得亮燦燦的，剎時，我轉移不了留戀的視線，多想這秒定格永遠。

「哈囉？怎麼顧著自己吃東西都不理我啊？」他邊問，邊在我身邊坐了下來。「吃成這樣，眞像小朋友耶！」

我還沒有反應過來，他已經伸手，像上次那樣在我唇邊溫柔擦拭。

我怔怔的，頓時不知道該怎麼反應。

爲什麼總是對我這麼好？我好想問，是因爲你良善性格天生愛好和平，還是只因爲出自憐憫的同情？

凝望他這般關懷的溫煦表情，想起的全是廖思涵生日趴那天的難堪畫面。這刻，矛盾的心情胡亂翻攪著，最後，我選擇悶不吭聲別過頭去。

說眞的，在那天之後，我不知道自己還有什麼臉見他。

於是，只能漠然地繼續啃著自己的麵包。

他沒有放棄，又隨便扯了個話題，「妳在吃巧克力麵包嗎？看起來好好吃的樣子。」

我緊抿著唇，還是沉默。

片刻，見我遲遲沒有搭理，他猶豫了些時間，才又自言自語般地開口，「廖思涵生日那天，他們不是故意要整妳的，我有替妳出氣罵了他們大家喔……」

「我知道，我沒有生氣。」同樣幫廖思涵和鍾婷婷緩頰的話，鈞蔚早就在家裡說過一百遍了。

因為我是小胖，所以我活該被當作笑話。

「那就好，我還擔心妳會難過呢！」

我沒有說出心裡的喪氣話，宇卻很天眞地反而誤以爲我樂觀豁達。

他讚許地摸摸我的頭，像是摸小狗那樣。又或許他把我當作以前養的那隻肥兔子吧，「這才是我認識的那個妳喔。」

「是嗎？」其實我想問：你認識的是哪個我啊？

畢竟，在宇的面前，我總是一次又一次出糗，不是自以爲嬌小地躲在電線桿後面自言自語，就是在眾目睽睽下跌倒撞到樹。不是跌倒撞到樹，就是在慶生趴被奶油砸得狼狽不堪……

邊想，我已經淪爲自我放棄的狀態，沮喪地低垂下頭，不敢再繼續往下忖度。

「是呀是呀，每次看見妳，我都忍不住想起我家那隻已故的阿肥，總是一副與世無爭的樣子，好悠哉、好怡然自得，就算有時候被捉弄，也是沒有脾氣不會生氣的樣子，只是圓睜著無辜的眼睛，超親切超可愛的。」

呃，果然……

我無言了。那到底可愛的是我還是那隻肥兔子？怎麼都不說清楚啊？

隔天，同樣時間，同樣地點，同樣的開場白。

「中午只吃麵包，妳眞的是想學那些女生減肥喔？」宇笑咪咪地出現在我面前。

他在我身邊坐了下來，坐在和昨天相同的位置。我注意到他手上拿的是和我一樣口味的巧克力麵包。

「你怎麼也吃麵包？」我抬起頭問他。

他一副無所謂地聳肩，笑容依舊燦爛，「便當吃膩了換換口味嘛！」

「是這樣嗎？」我明知故問。

當然不是這樣的。

這一天當中難得可以放鬆的午餐時間，誰不希望能夠一邊享用熱騰騰的便當菜色一邊和朋友嘻笑度過？況且，中午只啃這顆小不啦嘰的巧克力麵包，下午不到兩點就會肚子餓，甚至懷疑自己中午是不是根沒吃東西。

「嗯嗯！」宇卻朝我猛點頭保證。「對呀。」

於是我沒再追問下去了。

就當是他特意來陪我的，即便是我一廂情願的認爲也沒有關係。

第三天，沒有原因，但我就是知道他一定會來。

在前兩天他坐過的位置放了一顆健達出奇蛋，然後，佯裝毫不在意他的出現般，我慢慢撕起巧克力麵包的包裝袋，其實是在等待。

「中午只吃麵包，眞的吃得飽嗎？」他來了，像有著不用說出的默契般在我身邊坐了下來。

「你還不是一樣……」

「哇，健達出奇蛋耶！」他撿拾起來，也不問問這個荒涼空地怎麼會冒出這顆出奇蛋在這裡，只是好開心地剝開蛋殼吃了起來。

我小心翼翼地側著臉，偷偷瞄了他一眼，同時發現他也望向我這邊，露出天眞無邪的笑容，「好好吃喔！」

「對吧！」我的心也跟著甜甜笑了。

不知道哪裡吹來的風朝我們捲襲而來，飄動著宇蓬鬆的頭髮、我暗自歡愉的雀躍，頓時，金黃搖曳的欒花隨風婆娑起舞，我們兩個仰望這樣紛飛而落的花瓣雨，痴迷地像傻孩子般搶著伸手接迎。

時間，能夠在這個時候靜止嗎？

停留在這個最美好的時光，不要前進，就只有我們兩個。

第三章——可以喜歡你嗎？

就這樣，我們從來沒有說好，卻也從來沒有失約。

每天醒來睜開眼睛，我最期待的就是午餐時間的到來，上課也會忍不住偷偷露出雀躍的笑容。我好喜歡看著宇那雙會笑的眼睛，像個孩子般剝著健達巧克力吃，這是我感到最幸福的時刻。

「每天中午十二點鐘聲一響，就看她像餓鬼一樣往外撲，有那麼餓嗎？」

「豬耶她！難怪肥成這副德性，不就打翻過一次她的便當而已，有必要記恨成這樣嗎？每天都躲起來吃午餐，深怕別人搶了她的食物一樣！」

儘管，廖思涵鍾婷婷那群公主幫的人不時會在背後以怕我會聽不見的高分貝尖酸討論，但是，只要想到宇，我已經不那麼在意難過了。

時間一到，我依舊興沖沖地往新建校舍的空地衝，總習慣早宇一分鐘到，佯裝自己根本沒有在等他的樣子，慢條斯理地撕起麵包的包裝袋。

我在心裡默默倒數，三、二、一，出現！

果然，親切的招呼聲同時從我頭頂傳來，「嗨！我來囉！」

我朝他微笑點點頭，然後開始吃起麵包。

因爲學校福利社賣的這個巧克力眞的小不啦嘰根本沒有飽足感，後來我開始會準備一些「飯後甜點」，有時候是吐司捲，有時候是杯子蛋糕，而有時候，我還會提供一些創意吃法，跟同樣喜歡健達巧克力和甜食的宇分享。他總笑說跟我在一起的時候最幸福了，我則微笑不語，他不知道，他所說的，那才是我眞實的心情。

「我今天帶了吉比花生醬喔！」邊說，我獻寶地從制服口袋拿出來。

「喔？今天是要吃吐司夾花生醬嗎？」

「不是不是，如果眞是那樣的話哪裡還算是創意吃法呀！」我故作神秘地又從口袋摸出健達巧克力，還自己很隆重地加上配音，「鏘鏘！」

弄不懂我到底在搞什麼，宇只好一頭霧水的繼續看下去。

「就是這個健達巧克力沾吉比花生醬啊。」我興奮地剝開剛剛拿出來健達巧克力，然後將蛋殼的部分去沾花生醬後直接送進嘴裡，「超美味的！」

頓時，宇頗傻眼地做了個很綜藝的假摔倒。

「別這麼不賞臉嘛，花生醬配健達出奇蛋超好吃的耶！」我伸手沾了一小片就往嘴裡塞，一邊誇張演出超級美味的表情，還不忘舔舔沾在手指的花生醬，「不騙你啦，眞的眞的超好吃的！」

他則面有難色的樣子，「看妳吃是眞的很美味的樣子啦……」

「你不喜歡的話，那我下次再帶草莓果醬好了，健達巧克力配草莓醬也滿好吃的……」我正要默默收起滯銷的吉比花生醬配健達出奇蛋。

「啊？不用了啦，」不知道是不是怕我下次再出什麼奇怪的餿主意，「這個我吃，我吃！」

他連忙把巧克力搶了過去，毫不猶豫往嘴裡丟，兩秒後，露出了驚奇的笑容，「好好吃耶！」

「是吧！」我好得意地笑了。「下次一定要帶草莓醬來，還是你喜歡橘子果醬啊？」

宇，你不知道，如果可以，我多想把自己的全世界給你。

爲了你一瞬的開心，要我做什麼我都願意。

後來我沒有眞的帶草莓醬，因爲宇說健達巧克力沾花生醬已經是他的極限了。

「這樣啊，好可惜，那下次我帶泡菜好了，一口巧克力、一口韓國泡菜，那奇妙的口感是極具爆炸性的融合喔！」

宇邊聽邊露出驚恐的扭曲表情，我當然是騙他的，因爲想看他這麼萌的樣子在我一個人面前展現。

我很壞吧，但就是私心地想要佔有啊！

時序進入深秋，換上冬季的長袖制服那天，我們在涼颼颼的寒風裡吃著我從家裡帶來的御飯糰，宇突發奇想地提議要不要下次來吃火鍋，我則覺得這個主意比我說巧克力要配泡菜吃的想法更天馬行空呢。

「怎麼可能，那要用什麼來煮火鍋啊？總不可能鍋碗瓢盆和瓦斯爐都扛來上學吧！」

宇天眞爛漫地隨意拾起地上的小樹枝，開始表演，「鑽木取火囉！」

「好扯喔！」我故意糗他，但語氣是溫柔的。

「我覺得巧克力配泡菜才超扯呢！」他怨怨地嘟噥道，「冬天來的時候就想吃熱呼呼的火鍋嘛！」

望著這樣嘴饞的宇，我突然開始思量：書包是不是眞的能夠偷渡鍋碗瓢盆瓦斯爐這個問題。

不是開玩笑，是很認眞很認眞考慮的。

只是，還輪不到我這麼操心。

這天才剛下課，機會就自己找上門了。

「喂，妳！」我都還沒回過頭來，已經感覺到有人掐住我寬厚的臂膀。

猛一抬頭，發現是已經冷落我很久的廖思涵鍾婷婷站在我面前。

我怯懦地看廖思涵那面帶冷酷表情的漂亮臉蛋，小心翼翼問：「有什麼事嗎？」

經過了生日蛋糕的奶油洗禮，我早就不敢再自作多情地幻想自己能夠成為公主幫的一員了。畢竟，現實世界裡，醜小鴨就是醜小鴨，並不像童話故事中那樣可以蛻變成人人稱羨的天鵝。

「幹麼這麼怕我們的樣子？」鍾婷婷頗不屑地哼了一聲。

「沒、沒有啊……」沒有才怪，我連回答的細弱聲音都是顫抖的。

廖思涵根本無心在意我，開門見山地說了，「是要派妳去打聽ＳＰ他們三個人耶誕節有沒有約了，明天回報給我知道嗎？」

「知、知道，」我支支吾吾第猜測下去，「如果沒有約，是要約他們過耶誕節的意思嗎？」

「妳倒不傻嘛！」廖思涵這下笑了，她語帶輕薄第繼續說著，「是呀，每年耶誕節，學校對面那間小小咖啡屋都會推出限量的耶誕節套餐和特製風味火鍋，怎麼樣？妳也有興趣呀？」

鍾婷婷聽了更是毒舌，「她啊，要進入僅限帥哥美女的小小咖啡屋？下輩子吧！」

頓時，我的臉刷地一陣青一陣白，因為無可反駁，只能低下頭默默承受。

隔天中午我直接問了宇的意見，雖然並不情願，但是總還惦記著宇說想要吃火鍋的這件事情。畢竟，我怎樣都無所謂，宇能夠如願才是最重要的吧。

「是沒有約啦。」宇一邊啃著小不啦嘰的巧克力麵包，一邊偏著頭問我，「那妳會一起去嗎？」

很想，超級想，超級想跟你一起度過耶誕節的，可是……

我沒說出口。

就怕還得解釋我因爲又胖又醜不能進入小小咖啡屋，於是趕緊搖手，「我不行耶，那天我有事情。」

「這樣啊……」是我多心了嗎？宇的表情看起來有些失望。

「你們去就好了啦，廖思涵說了要交換禮物喔，一定很好玩的！」

宇還在哀怨中，他已經別過頭去，蹲在地上逕自畫起圈圈了，「妳又不去……」

「別這樣嘛，我是有很重要的事情才不能參加的。」

「什麼事情？難道妳要跟別人去約會嗎？跟誰？幾年幾班的？我認識嗎？」他停下畫圈圈的動作，回頭過來睜著偵探般的眼神檢視我。

「啊，對啦對啦！」我無從解釋地胡亂點頭，只希望他不要再問下去了。

「好傷心。」萬萬沒有想到，下一秒，他會這麼戲劇化地拿著深情的眼睛瞅著我，「我以爲妳喜歡的人是我呢！」

叮！我被正中要害了，怎麼辦？他發現了嗎？我一直以爲我掩飾得很好啊。

我現在要趕快挖洞躲起來還是趁機告白求婚算了啊？

我還愣愣著反應不過來，頭頂背後和腳底板都處於正瘋狂冒汗的狀態中。

「我開玩笑的啦，幹麼這麼緊張！」

殊不知，宇捧著肚子笑開了，他推了渾身僵硬的我一把，「妳眞的跟我家那隻阿肥一樣呆耶，好可愛！」

這次應該是在說我可愛，不是說阿肥了，對吧？

「好傷心，我還以為妳喜歡的人的是我呢！」

整個下半天，我的思緒都還沉溺在宇那麼繾綣溫柔的話語中，久久無法自拔，直到廖思涵來找我要答案。

這次，沒有讓鍾婷婷再次開口說羞辱我的話，我已經先報告了。一聽到是好消息，廖思涵便頭也沒回地離開。

應該是要去和宇他們約定見面的時間地點等等細節了吧。

眞是現實的女人啊……

不過，當自己若有所思地望著廖思涵鍾婷婷纖瘦的背影逐漸走遠，還是忍不住偷偷欣羨著。如果有一天，我能夠成爲那麼漂亮的女生，一定可以很勇敢自信地對宇說出我喜歡他的心情吧。

唉，別想了歐小胖，這都是不可能的。

先想想耶誕節那天要用什麼理由搪塞宇的追問才比較實際吧。

總之，耶誕節這天，就算百般不情願，它還是會到來。

就如我所想的，直到中午啃著麵包時，宇都沒有忘記要追問我到底爲什麼不和他們一起去小小咖啡屋吃耶誕大餐。

看著他想東想西幾乎要想破頭腦的專注模樣，這才發現，宇從來不曾像別人一樣譏笑我因爲外表而不能進入小小咖啡屋的事，我忍不住自作多情地想像，會不會，在宇的眼裡我其實沒有那麼肥胖醜陋呢？

雖然這都只是我自己的臆測，不過即便是這樣，還是歡天喜地偷偷愉悅著。

放學時間，我躡手躡腳地直到確定廖思涵和鍾婷婷已經離開後，刻意晚了十分鐘才走出教室門口。

這樣應該就不會「不期而遇」了吧？我天眞地這麼想著時，卻好死不死……

就在我自以爲低調地下樓要越過穿當，一個肺活量甚好的高分貝叫喊聲讓我登時頓住。「咦？那不是小胖蔚嗎？」

不會吧，有這麼巧嗎？

我裝作沒聽見，默默轉身，然後默默貼著牆壁緩慢移動，那個高分貝叫喊聲不死心地再度放送，「嗨！歐小胖！歐胖蔚！我們在這裡啊，在這裡！」

我恨恨地咬住嘴唇，認命地轉頭望向那個聲音來源，那個名叫簡良智卻一點良知都沒有的傢伙就在穿廊的另一端——學校正門口對我拚命搖手招呼。

有需要這麼熱情嗎？

我於是哭笑不得地走下樓，面如死灰地走近他們，先是偷偷瞟了一眼理都不想理我的鈞蔚，再瞥向滿臉疑問的宇，全然不知道要從何解釋起我的行蹤。

只是，還沒有開口，廖思涵她們已經先走過來了。

廖思涵遠遠瞧見我，便擺出一副「妳在這裡幹麼」的不屑表情，我則心虛地不敢再多看她一眼。

「等好久喔！」廖思涵來到宇的面前，視而不見地刻意掠過我，對男生們嬌叱道，「走了啦，等得我都肚子餓了。」

她半抱怨半撒嬌的美麗模樣叫人看了無不軟化。眞好，人長得正，連說話都可以比較大聲。而我這種小胖級的人物就只能在旁邊掃掃地、拔拔草，默默度過我這註定黯淡的一生啊……

就這樣，眼巴巴望著就要前往小小咖啡屋的大夥，簡良智突然想起什麼般指著我問：「那她呢？」

「她？」廖思涵先是輕鄙地打量了我一眼，再裝作一臉歎息的無奈模樣，「小小咖啡只有俊男美女才可以去的呀。」

「也是啦……」簡良智認同地點點頭。

就連一旁沒有出聲的鍾婷婷也擺出莫可奈何的矯作模樣，聳聳肩。「太可惜了，我們只好自己去囉！」

這下，我支支吾吾個半天，就是說不出不能參加的理由到底為何，始終懵懂的宇才恍然大悟。

「我們走了好不好？肚子真的好餓呢！」廖思涵眼見宇還僵持在原地，於是主動伸手去攬著他走。「駿宇，你想吃什麼？聽說小小咖啡屋的特製風味火鍋很不錯！」

看著這一幕，該是多麼美好的畫面，俊逸的男生女生，詩一樣的浪漫青春，卻不知怎地，我的心臟像被什麼緊緊揪著，莫名難受的酸楚一陣一陣如漣漪般靜默擴大，幾乎叫我不能呼吸。

「拜託！」最後，推波助瀾的是鈞蔚，他指著我大聲嚷道，「她肥成那樣，就算少吃一頓也死不了的好嗎，我們走了啦！」

「呵呵，鈞蔚怎麼這麼幽默啊！」不用看，我都知道說話的人是鍾婷婷。

而因為鈞蔚的結論，全部的人終於決定捨棄掉我，往小小咖啡屋的方向走。

是啊，鈞蔚說得對極了，我肥成這樣，就算是少吃這一頓也不會怎樣的，他說的是正確的，所以我不難過，我爲什麼要難過呢？鈞蔚說的明明就是事實沒有錯呀……

在心底反覆說服自己我不難過，因爲這本來就是事實，但是，哀悽的眼淚卻在眼眶裡蠢蠢欲動，模糊了他們即將走遠的背影與視線。

走了幾步，宇回首，不捨我難過的樣子，對我揚起陽光般的眞摯笑容。凝望那雙會笑的燦亮眼睛，那樣義無反顧的執著表情是我怎麼也忘不了的。

「我去跟老闆說，讓妳跟我們一起！」他很帥氣地如是說。

於是，在宇非常帥氣的堅持之下，我怯怯地跟上了他們的步伐。

「可是我沒有帶禮物耶。」

因爲根本沒有奢望宇會這樣排除眾議地幫我爭取，所以我也完全沒有預先準備要交換的禮物。

「沒有嗎？」沒有注意到廖思涵氣到鐵青的臭臉，宇還是一臉笑咪咪的，讓我瞬間融化在他似水蕩漾的柔情裡。「小東西也可以啊。」

「我只有……」

想了想，我很害羞地小聲回答，就怕別人見笑了，「我只有一顆還沒打開來吃的健達出奇蛋。」

「那個就可以了啊。」宇眞不愧是我的小天使，我幾乎能看見他頭上頂著閃閃發亮的光環了，「禮物不分貴重與否，心意才最重要嘛！」

旁邊的鍾婷婷倒是悶哼一聲，苛刻鄙視的話語說得輕輕柔柔的，「那種騙小孩的爛東西誰要啊？」

「我！」簡良智突然出聲，就在我差點以為他終於有點良知的剎那，卻轉身向鍾婷婷那邊跨了好大一步，頻頻搖頭，「不想要。」

鈞蔚接著表態，「別看我，我才不要呢！」

當然，更不用問還在臭臉的廖思涵了，鍾婷婷對著宇擺出一副「看吧，我就說嘛」的樣子，讓我更加羞愧了。

就怕讓宇跟著我丟臉，我趕緊補上這句。「我還是不要參加好了。」

「那我的禮物跟妳交換好了。」沒想到宇語出驚人，我的天空頓時烏雲散開、陽光普照，「反正我很喜歡吃健達出奇蛋嘛！」

「眞的嗎？」我感激涕零地對著他傻笑，眼角的餘光還能瞥見廖思涵的頭頂好像已經氣到冒煙了。想必她爲了可以交換到宇的禮物多麼精心準備吧。

「嘖嘖。」簡良智在旁邊唯恐天下不亂地道出了廖思涵的心聲。「可惜啊可惜，我們學校多少人肖想得到張駿宇的禮物，結果竟然落到妳這個歐小胖手中，不過，話說回來，妳最想要的禮物應該是變瘦變漂亮之類的吧？」

「……」我根本無話可說。

「不會吧，我眞的猜中啦？」他還很自戀地摸摸自己的頭頂，「想不到我有這種看穿人心的天賦啊！」

大家都無言了。

最後，是宇決定默默掠過忽略簡良智剛才逕自的結論，「肚子好餓喔，我們快走吧！」

耶誕節過後，不知是不是因爲大學學測逼近的關係，時間流逝得飛快，感覺每天都過得一樣，不是大考就是隨堂小考，也感覺每天都過得不一樣，畢竟，日期一天一天在倒數，對我這種成績普通天資平庸的人而言還眞的有種火燒屁股的焦慮感。

反觀就讀數理資優班的宇和鈞蔚還有簡良智，他們總能悠悠哉哉的面對即將決戰的煎熬，讀書根本就是他們的強項、考試是他們的專長，甚至在耶誕節交換禮物過後還能和廖思涵鍾婷婷相約去跨年看煙火。

老天怎麼這麼不公平啊？給了他們這麼好看的臉龐又賜予他們聰明的腦袋，而我，哀怨望著充滿紅字的數學考卷，繼續哀怨地悼念我黑白黯淡的人生。

瞄了瞄牆上的時鐘，十一點四十五分，我還得把數學再演算弄懂後才敢去睡覺，可是，時間過了二十分鐘，十二點零五分，卻還是鬼打牆的還在算同一題。

數學眞的好難喔，我苦惱地扯著頭髮發愁。

本來想向鈞蔚討教的，但是那傢伙應該早就睡了吧？他就是那種功課好又愛玩的學生類型啊，眞是囂張又欠揍。

唉……

揉揉眼睛，紙上的數字已經糊成一片再也看不清楚了，我的意志力仍天人交戰中，要繼續努力才有可能和功課很好的宇考上同一所大學啊！但是，另一方面，我內心的小惡魔卻告訴我極爲殘酷的事實：就算眞的考上了又怎樣？人家會喜歡妳這歐小胖嗎？會嗎？

當然不會。只是……

「好傷心。我還以為妳喜歡的人的是我呢！」

「我去跟老闆說，讓妳跟我們一起！」

「那我的禮物跟妳交換好了，反正我很喜歡吃健達出奇蛋嘛！」

我把煩人的參考書通通挪開，無心玩弄著擺在書桌上那隻掌心大的紅鼻子麋鹿，那是宇在耶誕節那天跟我交換的禮物，雖然不是什麼稀奇的東西，但是因爲來自宇，我總會忍不住把紅鼻子麋鹿當成是他，細細回味每分每秒與他共處的美好片刻，一遍又一遍不厭其煩地低訴著自己不能說出的情愫。

很傻吧，但是又何妨。

元旦假期的前一天，宇還特地問了我是不是眞的不和他們一起去跨年。

我搖搖頭，因爲廖思涵根本沒有邀我一起啊。

宇當然不懂女生複雜的心事，滿臉天眞地反問：「我約妳啊，我約妳不行嗎？」

我還是搖頭，「不了，我得留在家裡念書。」

耶誕節過後，廖思涵對我的敵意更是有增無減，只要見到宇對我多說一句話，哪怕只是體育課在籃球場上遇見打聲招呼，她也會處心積慮從中作梗，這顯然不是一個好現象，高三剩下的時間，我並不想要拿來和公主幫諜對諜地作戰，只想安安靜靜念好我的書，直到離開這個校園爲止。

目前，我最大心願就是希望能和宇考上同一所大學，所以我要更加倍努力才行。

秉持這目標，元旦連假我都乖乖在家裡閉關苦讀。鈞蔚在跨年當天出門前又默默搬走我的穿衣鏡，在他的房間大肆翻箱倒櫃地換衣服精心打扮，我只能心如止水地當作沒看到。

就在倒數過後，逐漸恢復寂靜的夜裡，我的手機收到了一張宇拿著出奇蛋的照片，他燦爛笑容的背後滿滿都是炫目的跨年煙火。

我凝視著宇這樣好看的臉龐良久。

可以喜歡你嗎？

怎麼辦，早已經不知不覺喜歡上了啊，宇。

然後，大學學測的日子就這樣劈里啪啦地度過了。

說眞的，考試當天我緊張到根本記不住發生什麼事，印象中天氣很冷很冷，出門前依稀聽到氣象主播報導著哪裡又降雪了。在進入考場前我去了廁所好幾次，其中一次在長長的迴廊上遇見了宇，他朝氣蓬勃地跟我說聲加油，接著考試鈴響，開始考試，鈴聲又響，結束考試，下一回合考試鈴聲再響……

總而言之，就是劈里啪啦考完了所有科目，爸媽問起鈞蔚和我考得如何時，我實在沒有信心像天資聰穎的鈞蔚那樣，拍胸脯保證第一志願沒問題。

我還愁眉苦臉地擔心不知道到底考得好不好，宇倒是顯得一派輕鬆，我在某天中午用餐時間，他悠哉地啃著巧克力麵包的時候，試探性地問了他理想的學校。

「我的志願嗎？」他很可愛地舔了舔唇邊沾到的巧克力醬。「不外乎就是台清交嘛……」

「你是不是有點在敷衍我啊？通常不是應該說『我的目標是台大醫學系』之類明確一點的嗎？」

他倒是笑了，用手指點點我的額頭，一副沒什麼大不了的表情，「第一次看妳這麼嚴肅的樣子呢！」

「那當然，這可是人生大事耶！」

知道你的目標，我才知道我的目標在哪裡啊，宇，你都不知道我想跟隨你的心意是這麼強烈，我根本無法想像，如果不能看到你，日子將會有多麼無趣難熬。臭宇、笨蛋宇，一點都不懂得我不能說出的焦慮心情……

「好啦，別生氣嘛，」爲了逗我，他還刻意裝可愛，偏著頭煞有其事地回覆我，「那，台大好了，」

什麼？果然是人人心中的第一志願台大啊，這下我怎麼高攀得起啊我……

登時，我無法承受地自言自語起來，「爲什麼是台大啊？」

他想了想，很理所當然地語氣，「因爲離我家比較近啊。」

「如果是用距離來考慮，那你高中爲什麼不是念北一女！」

「哇，妳其實很幽默耶。」

我已經說不出話來了。

「妳就放輕鬆，不要給自己這麼大的壓力嘛，反正都要過年了，就什麼都不要想，在家裡開開心心圍爐等著領紅包。」他拍拍我的肩，然後，天外飛來一筆地提議，「啊，還是我們找一天出來玩啊？」

而我仍困在剛剛的打擊之中無法自拔。「不行，我要在家苦讀。」

「啊？本來還想找大家一起去元宵燈會看花燈耶！」他一臉落寞地嘟起嘴來。

有沒有這麼童心未泯啊？宇，你的實際年齡不是十七歲而是七歲吧？我多想這樣問他。

然而，我事後才發現大家好像都不那麼緊張，廖思涵鍾婷婷那群公主幫甚至早就放棄了大學學測這件事，反正還有半年可以慢慢準備指考，台灣什麼不多，大學最多，怎麼考都會有學校念就是了。

難道是長得漂亮的人思想特別正面樂觀嗎？我一邊搓著自己圓嘟嘟的臉龐，一邊忍不住這麼想。

「所以元宵節我也要去喔。」宇正式在大家面前提出了去元宵燈會看花燈的邀約，廖思涵第一個舉雙手報名參加。

「我也是。」鍾婷婷當然是無條件跟進，「鈞蔚也會參加吧？」

「我ＯＫ啊。」鈞蔚點點頭。

「好心酸喔，怎麼都沒人問我啊？」簡良智在旁邊頗哀怨地演起內心戲。

宇還是直接忽略，目光鎖定站在最角落的我，「那妳呢？一起去嘛！」

我原本想要搖頭，之前就說過我要在家裡苦讀了啊，卻因爲宇那麼誠懇又爛漫的笑容頓住，猶豫地望著大家看向我的眼神，內心忍不住天人交戰一番。

要我拒絕宇，這是多麼違背心意的一件事情。

簡良智看大家根本沒想搭理他，只好很搶戲地來到我身邊，一副跟我很熟的樣子搭上我的肩，「歐小胖，那妳呢？」

「呃，我……」我還杵在原地，怎麼都擠不出個所以然來。

「她說好啦！」簡良智突然冒出了這句。我趕緊轉過頭瞪他，我剛剛哪有說話！

「太好了！」宇看起來相當滿意。

「說好不就好了嗎？」簡良智跟著轉過來看我，「妳看，我們張駿宇聽到妳要參加可開心的呢！」

我偷偷瞄了廖思涵一眼，她撇過臉的樣子看來不妙。

「妳喔，生在福中不知福！」簡良智見我沒有反應，搧風點火地又補上一句，「我們學校多少女生夢想被張駿宇邀約呀，連廖思涵這種正妹都還得自告奮勇呢！」

我已經……

已經不敢看廖思涵的表情了。

按理來說，元宵節這個節日就應該會有某寒冷鋒面報到，在冷得發抖的天氣裡，捧著一碗熱氣蒸騰的湯圓，暖暖凍僵的手指和空虛的胃，卻怎麼……反常。

這天，氣溫沒有道理地飆高，出門前，我只好拿掉搭配了很久的圍巾和戴起來很可愛的毛線帽。到了集合的地方，我一點都不驚訝地打量廖思涵的穿著打扮。

她穿了一件超短的合身窄裙，那雙勻稱白皙的長腿簡直一覽無疑，因為化了妝的關係，如果不說，也不會有人發現她其實是個未成年的高中女生吧。

然後，我很快就發現，週遭男生的目光相當一致地轉移到廖思涵身上，呃，不，應該說是腿上。有人不知道想到了什麼開始吞口水，有人則是如痴如醉露出近乎猥褻的笑容。

「嗨！鈞蔚，我來了！」首當其衝的苦主是鍾婷婷，儘管裝扮得花枝招展，仍不敵廖思涵那一雙誘人美腿，即使在鈞蔚面前誇張了搔首弄姿還是被視為無物。

「喔。」當然，我們家小色鬼鈞蔚的視線還是直盯著廖思涵，彷彿世界上只剩她一個女生般了注目。

認命吧，鍾婷婷，妳這隻小野貓是逗不過廖思涵那頭騷狐狸的！

好吧，我承認自己是酸葡萄心理，因爲這身臃腫體態並不能像她們那樣精心打扮盛裝出席，只能在心裡很偏激了碎唸。

「我們先去主題區逛逛，如何？」

看來看去，還是我的宇爲人最正派，雖然在廖思涵一開始亮麗現身時忍不住偷瞄了那雙美腿兩眼，但是很快切入賞花燈這個正題，不像我家那個小色鬼鈞蔚和一點良知都沒有的簡良智，還深陷在那雙美腿的桃色迷情裡久久無法自拔。

「主題區哪有什麼好看的啊？不就一隻馬的主燈嗎？」廖思涵驕縱最提出自己的意見，不容許旁人否決，「人家要去創意區，那邊有霓虹森林還有時光隧道，我要去那邊拍照！」

「好啊好啊，我也很想要去創意區呢！」小色鬼鈞蔚立即出聲應和。

「馬的單位量詞是『匹』好嗎？」顯然大家都被廖思涵的美腿沖昏了頭，只有我像個大嬸般跟在後面忍不住繼續碎唸。

走了幾步，我情不自禁被眼前景象吸引。

天色逐漸暗下，棚架上張燈結綵的紅燈籠黃燈籠沿途亮了起來，頓時色彩繽紛的園區被妝點得好溫馨應景，人們潮來潮往，穿梭在霓虹閃爍的樹林底下，盈著滿臉笑意仰看著這目不暇給的燈海。

我沒有留意到廖思涵和鍾婷婷已經拿出相機攬著男生們朝造型燈景去拍照，這眼花撩亂的場景實在太令人分心，直到我回過神來，才遲鈍地發現自己早就和他們走散，在這個偌大的燈會裡頓失方向。

我倉皇失措地四處張望，他們會在時光隧道那邊嗎？剛剛廖思涵有提到想要去那邊的啊。

我多想理智地思考落單的自己該怎麼辦，心裡卻亂得可以，跌跌撞撞來到據說是絢麗奪目的時光隧道，進入炫光延伸的冗長隧道內，卻再也無心觀賞。

宇、鈞蔚，你們到底在哪裡？

一群嘻笑打鬧的年輕男女從對向迎面走來，失神的我險些撞個正著，好不容易閃過他們，卻因此失去重心，眼見下一秒就要跌倒，卻……

我也不知道發生什麼事情，只曉得自己就這樣莫名其妙地被歸回原位，重新站好。

「妳眞的跟我家以前那隻阿肥一樣很容易走失耶！」

是宇！

我滿臉驚喜地發現他還拎著我頸後的衣領沒有鬆手，就像拎小貓那樣。或許他也曾經這樣拎過他家阿肥也說不定。剛剛就是因爲他及時出手，我才免於摔個四腳朝天的窘況吧。

「嗚，你們跑去哪裡了？」我還在失散的惶恐當中，可憐兮兮地望著他。

「看到我這麼感動喔？」他一邊嘀咕著一邊握住我的臂膀，控制我走路的方向，這樣有點霸氣的力道卻讓我好安心，「走吧，這次別再走丟囉！」

我乖乖點頭，心裡兀自歡愉著，被捧在掌心呵護的感覺這還是第一次。一路上，我還不忘偷偷打量著宇認眞帶路的帥氣側臉，非常用心感受他握著我臂膀這樣的親暱接觸。唉呀，我幸福得簡直快飛上天堂了！

只是，這樣的美夢並沒有維持太久。

直到宇帶著我與大家會合，看見廖思涵的表情我就知道不妙，趕緊要宇放下還握著我的手，立即與他畫清界線般拉開距離。

「對不起，我、我迷路了。」甚至，我心虛得不敢直視她的眼睛。

她緘默片刻，像沒事般又擺出迷人笑臉，「駿宇，我口渴了，你們男生去買飲料好不好？」

宇還沒有開口，鈞蔚和簡良智兩個便像小嘍囉般應和，拉著還沒有反應過來的宇走掉了。

登時，只剩下我們三個女生。

廖思涵不發一語的樣子相當凝重，讓人猜不透她此刻複雜的心思到底想著什麼。現場僵持的氛圍顯得詭譎，與身邊溫馨奪目的花燈會場非常格格不入。

半晌，她冷冷開口，「妳喜歡駿宇吧？」

不是沒有料到她會發現，只是，沒有想到她問得如此直接。

我頓住，沒有回答，也不知道該怎麼回答。

「長得這副德性，又肥得要命，妳到底憑什麼喜歡他？我們全班還有全年級的人都在恥笑妳，說妳利用自己弟弟和駿宇是好友，很不要臉地想盡辦法靠近他！」

我，面對廖思涵的咄咄逼人，禁不住狠狠退了一步。

大家……都是這樣看我的嗎？

宇呢？難道宇也是這樣想的嗎？因爲我是好友的姊姊，所以礙於人情不敢拒絕我，是這樣嗎？

「如果今天妳不是歐詩蔚這個身分，沒有鈞蔚這個就讀數理資優班的出色弟弟，妳想，駿宇他還會理妳嗎？」

「照照鏡子吧妳，醜八怪！哈哈！」

此刻，我再也隱忍不住地想要逃開。

不是因爲她們聯手囂張地譏諷嘲弄，而是單純因爲我好害怕，害怕宇眞如她們所說的那樣看待我，比同情更不如地處處容忍我，而我卻還天眞地認爲自己在宇的心中比其他女生還有那麼些特別……

自作多情的我，這刻才發現自己竟是如此不堪。

我想逃離，卻撞上了買飲料回來的簡良智，只能掩住哭泣的臉，匆匆交代，「對不起，我先走了！」

「咦？歐小胖呢？妳又要去哪裡啊？」

後來的午餐時間，我沒再去新建的校舍後面了。

因爲害怕面對總是良善的宇，害怕他對我的溫柔與體恤通通都不是出於他眞實誠摯的本意，害怕如果眞的被廖思涵鍾婷婷說中的那樣，我不知道當僅剩的自尊全然瓦解之後，自己該拿怎樣的心情來看宇。

下午，放學前的打掃時間，我在班級外掃區域獨自奮戰紛紛落下的樹葉，沒有注意到我一心想要逃避的那個人就這樣帶著親切笑意朝我走來，「今天午餐時間妳怎麼沒來？我等妳等了好久，害我好擔心喔，該不會是元宵節那天拉肚子拉到現在吧？」

「拉肚子？」

「對啊，廖思涵說妳臨時肚子痛，好像快要拉在褲子上了，所以趕緊先回家。」

關於元宵燈會那天我先行離開的原因，廖思涵鍾婷婷充分發揮抹黑我的天分，說眞的，我並不意外她們會這樣交代我的去向。

「妳還好吧？」宇還是沒有發現我異常的淡漠，那雙會笑的眼睛依舊，看得我的心好痛，「吃東西要節制啊，不要因爲喜歡吃就暴飲暴食的，我家以前那隻阿肥就是因爲吃太多，腸子幾乎爆開才掛掉的呢！」

所以，又是廖思涵說我暴飲暴食的嗎？誰說胖子就應該是個食量特大號的大食怪？有人就算是呼吸也會胖不行嗎？

我難過得好想反駁，可是有什麼用？我在這個校園的立場，竟然如此可笑又薄弱。

反正，這也不重要了。

吸吸鼻子，我心一橫，乾脆在宇面前做個了斷，「那個小不啦嘰的麵包我根本吃不飽，每天都餓得快要死掉，所以以後我要回自己教室吃便當，你不用再到新建校舍後面去等我了。」

「爲什麼啊？」

宇怔怔發問的模樣很天眞，我怎麼都不敢將廖思涵所說的那個宇和我面前的這個宇聯想成同一個人，至少，在我心中還能偷偷保留著最初美好的回憶，這樣不算過分吧。

只是……

對不起，宇。

我眞的不想讓你討厭。

對不起，宇。

我眞的好喜歡你。

就這樣，午餐時間，宇也回歸到他原來的作息生活。

某天，路過他們教室，看見他和同學邊吃飯邊打鬧的嘻笑樣子，心裡既是安心又好落寞，廖思涵說得對，我這樣的人到底憑什麼可以喜歡宇？憑什麼這麼自私地留住他、黏在他身邊？我們分明就是不同世界的人，一切的一切都是我自己的痴心妄想啊。

反觀廖思涵，夏天來臨前終於意識到該要積極念書這件事情，聽說宇答應幫她補習數理科目，在每個星期三放學後都會留下來「一對一個別輔導」，關於這樣專屬的特別待遇，還眞是羨煞了那群公主幫的女孩們。

疏離了宇，孓然一身的我自己只能獨自孤軍奮戰，每天督促自己，沒有複習完既定進度就不能上床睡覺。天亮醒來，常常發現自己就趴在堆滿參考書籍的書桌桌面上睡著了。

媽媽好是訝異我這樣發狠念書的決心，還溫柔安慰我，要我別給自己太大的壓力。但我自己心裡知道，我已經什麼都沒有了，再不考上讓人刮目相看的大學，我歐詩蔚的這輩子註定要被廖思涵那種人永遠踐踏在腳底下。

「哎啊，竟然忘了帶英文課本回家，今天的進度是要複習完……」

這天，放學後，我幾乎已經走到學校大門口，才突然想起健忘的自己忘了帶晚上要念的課本和參考書回家。匆匆折返，卻在教室門口前驀地打住。

都忘了，今天是星期三。

空蕩的教室裡，果然只有廖思涵和宇兩個人近距離地面對面坐著。宇因爲背對我，所以我並不能望見那雙如往昔的會笑眼睛，只看見他埋首書本的寬闊脊背。雖然宇近在眼前，而此刻，我卻清楚感覺到，我們已經不能再像從前那樣獨處，一起啃著小不啦嘰的巧克力麵包，突然，沒有來由的感傷，讓我好寂寞。

沒多久，廖思涵發現了我。

不再像先前那樣冷潮熱諷的犀利嘴臉，取而代之的，是那張精緻美麗的臉蛋揚起一抹宣告意味的驕縱笑容，猶如宇已經是她得來的戰利品般。她刻意炫耀似地貼近宇的身邊，靠在他的肩窩裡撒嬌。

「駿宇，這題眞的好難嘛。」在宇面前，廖思涵連聲音都變得如此嬌滴滴惺惺作態。

宇一定覺得她很可愛吧。不同於每次說我像他家那隻阿肥的那種可愛，而是真正對女生稱讚的那種可愛。

看到這裡，我已經不想再看下去了。

我根本不敢想像他們接下來會有怎麼樣的感情發展，宇會喜歡廖思涵嗎？他們會在一起嗎？

「如果我告白的話，會被你笑嗎？」夜裡，我獨自坐在書桌前，對著宇送給我的那隻紅鼻子麋鹿問了又問。

牠卻傻傻地望著我，怎麼都答不出個所以然。

於是我決定，畢業那天，約宇到之前午餐時間一起啃麵包的新建校舍後面。

明明知道會被拒絕，但我就是想要知道一個答案。就算被拒絕也沒有關係，我只是不想在這個不堪回首的高中生活留下遺憾，直到踏出這個校門，我要自己不再回憶這三年總是被言語欺侮，被莫名霸凌的黯淡點滴。

抱持著這樣的決心，我比約定的時間早到了些，在空無一人的樹下獨自練習。

「宇，我喜歡你，很喜歡很喜歡你。因爲想要和你一起，我每天都好努力念書，希望能夠跟你上同一所大學。就算高中畢業後還能和你肩並著肩啃著小不啦嘰的巧克力麵包，或是吃別的東西也沒關係，我……」

還想再多說些什麼，我的告白卻被唐突打斷。猛一抬眼，廖思涵鍾婷婷已經站在我的面前，相當矯作地拍手叫好。

「想不到妳這個死胖子也有這麼深情的一面耶。」

「我聽得都要落淚了，」鍾婷婷嘴裡不饒人地接力說道，「如果有個胖子這麼迷戀我，還妄想跟我告白，我一定超想死的啦，很噁耶！」

沒有想到她們會出現在這個偏僻角落，又被她們聽見了剛剛練習的告白，我難堪得抬不起頭來。悶著臉，我小心翼翼問了，「妳們，怎麼會過來？」

「妳這個臃腫肥胖的目標這麼明顯，我們能不發現嗎？尤其還一臉發花痴的模樣，看了超不舒服，超想吐的啦！」鍾婷婷一臉嫌惡的鄙視表情，彷彿我是什麼骯髒輕賤的東西。

我被她那樣的反應狠狠刺傷，委屈的淚水在眼眶蠢蠢欲動。

「幹麼，說妳兩句就要哭囉？」廖思涵猛瞪著我，說著說著，直接伸手推了我一把，「那等一下妳告白失敗不就哭死了？」

我踉蹌而退，廖思涵趁勢又咄咄逼人地跨近了一步。「不會吧？難道妳還以爲張駿宇眞的不會拒絕妳這個死胖子的告白？」

而我再也受不了地叫了出來，「才不是這樣！」

三年了，一直以來，我都活在她們嘲弄譏諷的陰影底下。沒關係，她們只是開開玩笑罷了。沒關係，她們不是有意的。沒關係，或許這就是她們跟我做朋友的方式。我總是這麼告訴自己，但是，這樣善意的妥協卻換來更多她們並不善罷甘休的作爲。

「爲什麼妳們要用自己的角度來曲解別人的意思？爲什麼我已經這麼忍讓了妳們還要這樣……」

我還是哭了。

激動的淚水狂湧，模糊了此刻的視線，讓我再也不用看見廖思涵鍾婷婷的猖狂表情，一個轉身，我正要跑開，卻撞到了人。

「歐小胖妳幹麼啊？不會是又要拉肚子了吧……」是簡良智在不知節制地鬼吼鬼叫。

都來看熱鬧了是嗎？

隨便你們！我已經無所謂了。

第四章——翻轉・我的愛情

又是細雨霏霏。

多年後，還是不喜歡這種一連串下雨的日子。

早起，第一件首要事項就是站到電子體重計上秤體重。四十四點六，很好，還在四十五公斤這個安全範圍內，〇・一公斤也不準多，這是我歐詩蔚人生的最高原則。

接著，換好上班要穿的合身洋裝，上妝完畢，我站在直立式的穿衣鏡前細心檢視自己每個角度都是完美的，確定平坦的小腹與昨天無異，手臂仍然細瘦，飄逸裙底下的小腿依舊纖長，這才安心地拎起包包，走出房間門口。

「歐鈞蔚、歐羅肥，起床了啦，要是你敢害我遲到你就死定了！」

我邊喊著，一邊下樓準備吃早餐。

今天這樣的下雨天，要是不早點出門，開車上班怕會遲到，我心裡忍不住忖度著。

約莫過了三分鐘，歐羅肥，不，是歐鈞蔚這傢伙還是沒有半點回應。我忍不住又扯開喉嚨，對著他緊閉的房間門口喊道，「歐羅肥！再不起床，就別奢望我會開車載你到你公司，自己去巷口等公車吧！」

媽媽坐在餐桌前拿著吐司，賢淑依舊地爲我們抹果醬。塗好了爸爸和歐鈞蔚的草莓果醬，然後，再拿出預備已久的巧克力醬，正要淋在我盤子裡的全麥吐司上，卻被我即時阻攔了。

「別！」我趕緊救回我的全麥吐司，「媽，跟妳說過好幾次了，巧克力醬熱量很高，我不能吃啦！會肥！」

「喔。」媽媽這才乖乖放下，頗無辜地喃喃，「都已經瘦成紙片人了吃東西還這麼嚴苛喔！」

「那當然！」我咬了兩口吐司，繼續掛心遲到這件事情，又轉而對著樓上催促，「歐羅肥，你今天是不用上班了？」

「詩蔚啊！」叫了幾次，媽媽終於出聲制止。只是過於溫柔的語調仍舊顯不出絲毫譴責。「怎麼這樣叫妳弟弟呀？」

「什麼弟弟？才小個三分四十二秒而已。」說到這個，我輕鄙地從嘴邊迸出一絲冷笑，「肥成那副德性，說是我弟也不會有人相信的好嗎？」

正當我得意忘形地發出猶如地獄傳來般的邪惡笑聲，一個龐大但是哀怨的背後靈默默飄到餐桌前面，嚇得我差點被嘴裡的全麥吐司嗆到。

原來是我家這隻歐羅肥終於現身。他幽幽地望向我，「知道嗎？因爲妳，我終於相信世界上眞的有因果輪迴這檔事兒！」

我頓時止住了囂張笑意，轉而惡狠狠地瞪住歐鈞蔚用五花肉組合成的肥胖臉龐。

「別這麼說，我只是有樣學樣，把當年你加諸在我身上的歸還給你而已。」

語畢，我高傲地掏出車鑰匙，起身就往車庫走去開車。

「如果時間可以倒轉，我一定會對妳這個姊姊畢恭畢敬的。」歐羅肥從屋裡追了出來，悔不當初地仰天大喊。

我倒好車，探出頭來，「套句犀利人妻裡的經典台詞，我們回不去了！」

是的，我們回不去了。

而且，我也不想回到過去。

會這樣討厭雨季，大概也跟高中時期的陰暗過去有關。那樣揮之不去的夢魘就像紮根般深埋在我的潛意識裡。儘管拚命想要忘記，但那些不堪回首的記憶卻怎麼都無法從我腦海裡拔除乾淨。

總而言之，在簡良智嚴格而且機車的督促之下，我終於女大十八變，晉身爲傳說中的紙片人美女，大學畢業後順利進入夢寐以求的化妝品公司上班。而且，就在去年，原本英俊挺拔，曾在高中時期號稱微笑王子的歐鈞蔚先生因爲慘遭兵變，在退伍後，自我放棄地過著暴飲暴食的生活三個月，終於搖身變成正宗歐羅肥。

至於廖思涵，高中畢業之後我就沒有再見過她。

不過，某個相當可靠的八卦消息指出，她在大學二年級那年意外懷孕，暑假之前就休學，順利產下一個健康可愛的小女嬰，從此身材走樣，再也沒有回到校園復學。

還有，我最在意的那個人啊……

聽說畢業典禮隔天，宇就跟著全家移民出國念書去了。

我決定告白當天，因爲他趕著要去導師那邊拿些學歷證明之類的文件，所以請簡良智先到約定的新建校舍後面捎個消息給我，他說，會晚一點再過來找我。

卻沒想到，簡良智因此撞見我被廖思涵鍾婷婷圍守羞辱的那幕。

「如果不是親眼目睹，我也不會相信平時看起來溫柔可人的廖思涵跟鍾婷婷會搖身一變，擺出那麼八點檔壞女人的嘴臉這樣欺負妳。嘖嘖，最毒婦人心，想來還眞可怕！」

平常看來一點良知都沒有的簡良智那天竟然主動追上來，把受傷的我帶到另一處靜僻的校園角落，從口袋掏出皺巴巴不知道有沒有用過的衛生紙遞給我擦眼淚。

只是我還忙著嚎啕大哭，根本沒有空搭理他的嘖嘖稱奇。

他陪了我好久，久到學校裡的畢業生都已經散去，久到我還是止不住水龍頭嘩啦嘩啦一樣的眼淚，最後，他沒轍地說要告訴我一個秘密，希望能夠撫平我哭泣的心靈。

「好吧，告訴妳，張駿宇明天才要出國，妳還是有機會可以告白的。」

我從一團鼻涕裡冒出細微的疑問。「什麼出國？」

「他們全家都要移民去加拿大啦，所以張駿宇也跟著過去，在那邊念大學。」簡良智非常理所當然地回答，但是這個答案卻讓我難以接受。

怎麼會……

「我的志願嗎？不外乎就是台清交嘛……」

「好啦，別生氣嘛，那，台大好了。」

直到這刻，我才遲鈍地回想起來，大學學測過後，我曾經試探地問宇的目標，他這麼含糊地匆匆帶過。那個時候我還沒有察覺到，只是氣呼呼地嚷著：如果是用距離來考慮的話，那你高中爲什麼不是念北一女！

原來是他早安排了要出國去念書的，卻……

「他怎麼都沒有跟我說？」我難過地再度嚎啕大哭起來。

「怕妳難過吧！」

簡良智眼見我的淚水又嚴重氾濫起來，顯得非常無奈，「他最喜歡妳了不是嗎？老是說『歐詩蔚好像我家那隻已故的阿肥好可愛喔』、『歐詩蔚吃巧克力都會沾到嘴角好像小孩子好可愛喔』這樣的話，我聽得都要反胃了。之前，那個廖思涵的生日趴妳不是被蛋糕砸得滿臉奶油嗎？他還唸了我們好久呢，叫我們不要老是欺負妳，一副妳是他的誰的模樣拚了命捍衛，要是我們在他面前喊妳歐羅肥，他還會跟我們生氣喔。」

我還嗚嗚咽咽的，不管簡良智說的是風涼話還是眞話，五味雜陳的心情又酸又甜的，不知道該如何是好。

臭宇、笨宇、負心漢宇！要走也不說一聲，只留下了這樣曖昧不清的話語讓我反覆思量，至少你也要告訴我，到底是我可愛多些還是那隻已故的阿肥呀！

「你！」想著想著，我終於振作起來，而且還莫名其妙地發狠，緊緊揪著簡良智的制服衣領不放，「你說明天他就要出國了是嗎？」

「是啊。怎樣？」

沒怎樣。

只是我要簡良智陪我立刻殺去宇他家！

衝到宇家樓下已經是傍晚時間了，都怪簡良智，說什麼宇的家就住在捷運站附近，結果一出捷運站還步行了一個半小時，繞了同樣的路線和同樣的便利商店三次，終於在太陽下山前抵達。

「你！」我已經氣喘吁吁，無論是體力還是原有的那股狠勁都被消磨光了，「原來你是路痴喔？」

「不會吧！我掩飾得這麼好還被妳發現！其實妳暗戀的人是我吧？」他好是驚訝。

我則是無言以對。

「奇怪耶，明明就來過這麼多次了，怎麼每次來他們家的路都會變啊？」簡良智還很無辜地繼續碎碎唸著。

難怪他第一次來我家拿書包給鈞蔚的時候會迷路。唉，我開始有點同情這個完全沒有方向感的傢伙了。

簡良智還沒停止他自言自語的嘟噥，一輛搬家公司的貨車就從我們眼前駛過，正要離開這條狹窄巷弄，後面則是跟著一輛黑色轎車。我下意識認爲那是宇的車，就怕再次和他錯過，於是想都沒想就跨步追了上去。

「宇！」

我邊跑邊揮手，不管自己跑步的樣子有多慌忙狼狽，也不管自己油滋滋的肥肉因爲跑步而晃啊晃的，這些我都管不著了，想把自己的心情誠實說給宇聽，即使被他拒絕了也沒有關係，至少也要親口道別再離開啊。

貨車已經緩緩駛離了巷口，接著是那輛黑色轎車。情急之下，我終於喊了出來，喊出自己總無法坦率說出的情感，「張駿宇！我喜歡你！」

不論多麼努力跑，卻怎麼都無法縮減車輛與我之間相隔的距離，那部轎車還是逐漸消失在我的視線盡頭。我將雙手圈在嘴邊，仍不死心地繼續喊著，「很喜歡很喜歡你……」

「好傷心。我還以為妳喜歡的人的是我呢！」

「我去跟老闆說，讓妳跟我們一起！」

「那我的禮物跟妳交換好了，反正我很喜歡吃健達出奇蛋嘛！」

回憶還鬧哄哄地在腦海裡旋繞著，眼淚像沒有知覺般瘋狂掉落。我還是遲遲不能相信宇會這樣一聲不響地走掉，從此走出我的世界，再也沒有任何交集。

稍後，簡良智遲了些才來到我身邊，沒有發現我掩面痛哭的悲傷，一貫機車的語調脫口而出，「喂，妳追錯車了耶。」

我聽了差點沒昏倒。「你說什麼？」

「我才要指他們家的車子給妳看，妳就發了瘋地往這裡衝啊，張駿宇剛剛已經走掉了啦……」

「你不是說他明天才出國嗎？」我失控大喊。

「凌晨一點多的飛機，當然現在就要出發啊！不然妳為什麼像瘋子一樣衝過來？」

「那你為什麼都沒有告訴我？」

「啊妳就跑那麼快，誰知道妳這個小胖腳步會這麼輕盈？」

我已經氣到說不出話來了。

想到以後就要過著再也看不見宇的生活，一時隱忍不住，眼淚再度不聽使喚地跌落。這個時候，除了哭，我不知道自己還能做些什麼。

安靜許久，簡良智小聲冒出一句，「妳眞的很喜歡張駿宇喔？」

像被觸及了某個不能碰觸的疼處，我無以遏止地淚崩，而且開始歇斯底里地喊道，「喜歡又能怎麼樣？世界對我這麼不公平，長得醜又不是我的錯，胖也不是我自己願意的啊！

「你們總是嘲弄我、諷刺我，可是你們憑什麼笑我？就因爲你們長得好看，就可以這樣輕易踐踏別人的心嗎？我是人不是豬，我也有心情、我也有感覺，我也是會生氣會難過的好不好！」

「好好好！」簡良智大概被我突如其來的爆發嚇到了，他趕緊安撫我的崩潰情緒，還忍不住嘖嘖稱奇起來。「哇，第一次看妳抓狂耶！」

見我沒有理他的玩笑話，片刻，他才感覺到我是眞的生氣了。看著我哭到像被蜜蜂叮過的紅腫眼睛，他頗過意不去地修正態度並開口，「對不起啦，我們不該每次都一直取笑妳的。」

我還低著頭，並不想接受他單方面的道歉。

「不過，長得醜、生得肥又不是像得了絕症一樣沒有救。妳看看我，好像是天生麗質的帥氣對吧？但其實我也是後天做了很多很多的努力，譬如說每天比別人早起十分鐘抓頭髮噴髮膠，早餐一定要喝一大杯的鮮奶，假日要去打籃球才會長高……

「妳啊，怎麼就沒有想過要下定決心認眞減肥，學學怎麼化妝穿衣服打扮？在怪別人以貌取人之前，也先衡量看看自己下了多少功夫、做了多少努力！」

最後，我停止哭泣，抬眼看向大放厥詞的簡良智。

「想想肥嘟嘟的毛毛蟲是怎麼蛻變成蝴蝶的吧。」

是啊，這樣想起來，我這般臃腫的小胖身材跟又肥又短的毛蟲蟲還眞像呢！既然毛毛蟲可以蛻變成人人稱羨的美麗蝴蝶，我這隻小胖應該也能蛻變成人人見了就流口水的正妹吧？

因為簡良智相當激勵性的啓發，我開始了前所未有猶如地獄般的減肥生活，抱持革命一定要成功的堅決心情，戰戰兢兢地過著由他親自監督瘦身的每一天。

當然，電視上都有教，要減肥就要多運動，所以簡良智立下非常嚴苛的規定，每天我都要跑完從家裡到巷口公園這段距離六圈，據說相當於三千公尺的距離。

「這麼遠耶，你確定這樣只有三千公尺？應該有六千了吧我想！」我傻眼地遙望著這條根本是通往地獄的道路，我幾乎能夠看見燃燒著團團怒火的地獄之燄了！

簡良智毫不客氣地直接從我頭頂落了一記拳頭，「Rule No.1，不能向教練頂嘴。」

我開始有點懷疑，他該不會是想假借督促我減肥之名，實而是要捉弄我吧？

即使這樣，順從的我還是硬著頭皮開跑。可是對於這樣的距離，我的體力根本無法負荷，只要一腿軟怠速，或是累到跑不動，自稱身為我減肥教練的簡良智就會立刻從背後猛踹我的肥屁股。

「Don't stop! Keep going! Keep going!」簡良智儼然一副自以爲是電影中魔鬼教練的嘴臉，「啊，我想扮演這樣的角色很久了，眞過癮！」

「你這個樣子眞有種說不出的變態耶！」

「Rule No.2，不能向教練頂嘴。」語畢，又是一記拳頭從我頭頂落下。

「你的 Rule No.1 跟 Rule No.2 怎麼重複了？」

「哪有？」他乾脆裝傻，「看妳還這麼有精神，那就再多跑三圈，快！」

等到我跑完追加那三圈總共六圈，已經筋疲力盡到快要昏倒了，滿身疲憊地爬回家裡，竟然看到簡良智不知道什麼時候早我一步到我家的，和鈞蔚兩個坐在客廳沙發上大啃雞排。這樣就算了，一邊啃雞排還一邊喝手搖杯的珍珠奶茶，非常忙碌的樣子。

「好香啊……」

我情不自禁地循著雞排誘人的香味前進，最後在簡良智的身邊坐下，努力擴張鼻腔吸取令人懷念的美味，眼見簡良智不小心落掉了一小塊雞排屑屑，我滿心歡喜地想要撿來吃……

他已經早我一秒，「啪」地好大一聲拍掉了我貪婪的手，「妳流了滿身汗臭死了，趕快先去洗澡，等下要吃歐媽媽精心調配的營養晚餐了！」

我嚥嚥口水，眼睛頓時發亮。

精心調配的營養晚餐是嗎？喔耶！那我要趕快去洗澎澎了！

到了晚餐時間，當我充滿期待，洗澡洗得香噴噴地下樓，坐在餐桌前，眼巴巴望著鈞蔚和簡良智開心吃著媽媽的家常菜，又是辣炒牛肉又是粉蒸排骨的，我拾起筷子要去夾，又被坐在旁邊的簡良智阻止。

「歐小胖，妳的晚餐在這裡。」說話時，他嘴裡還塞滿了辣炒牛肉絲。我看著他神秘兮兮不知道從哪裡端來餐盤，煞有其事地搭配音效，「登登！燙青菜一盤！」

我傻眼了。「這就是你說精心調配的營養晚餐？我怎麼看不出來是精心調配的？」

「Rule No.4，不能向教練頂嘴。」

教練，啊你的 Rule No.3 跑去哪裡了？

學乖的我再也沒有很白目地舉手發問，只是一邊聞著旁邊傳來熱騰騰的肉香一邊嚼著我的草食。往後，這樣的情形成爲常景，鈞蔚在吃麥當勞炸雞餐和薯條的時候，我在啃芭樂。簡良智大啖阿 Q 桶麵的時候，我只能恨恨地嚼著生菜苜蓿芽，想像我本來就是一隻只吃素的小綿羊。

有時候，愛女心切的媽媽會於心不忍地偷偷拿健達巧克力給我，只是，我才要塞進嘴巴，立刻就被嚴密監控的簡良智挖了出來，然後處罰青蛙跳和交互蹲跳各兩百下。

一想到這樣的日子不知道還要維持多久，我的人生會不會即使這麼奮力瘦身了還是徒勞無功……只要想到這裡，悲觀怯懦的我就會躲在棉被裡無助哭泣。我想要變瘦、變成人人稱羨的漂亮女孩，但是，此時此刻我更想要猛吃雞排、大啖阿Q桶麵啊！

直到某天，當我像平日那樣信手隨便抓一件牛仔褲套上，拉起拉鍊扣好鈕釦後，一放手，牛仔褲立刻鬆垮垮地脫離我的身體墜落到地板上……

天啊，現在這是什麼情形？

我還沒有反應過來這是自己夢寐以求的瘦身成果，三秒鐘後才遲鈍地回神，雀躍地在直立式穿衣鏡前扯著自己的頭髮亂跳亂叫起來。

「妳幹麼啊？房間有小強喔？」

應聲衝到我房間門口查看的人，竟然是不知何時來到我們家的簡良智。反正他什麼時候來的也不是重點了，我興奮得要命，馬上展示這個奇蹟給他看看，他也難以置信地眼珠子快要掉出來了。我們兩個就這樣感動得想要擁抱痛哭，我卻一個伸手，褲子再度墜落到地上，頓時，我洗到褪色的鬆垮阿嬤內褲就這樣映入他目不轉睛的視線裡……

「歐小胖，妳幹麼，就算眞的很感謝我也不需要以身相許好嗎？」

「誰要以身相許啊？你趕快閉上眼睛啦，要是你因此長針眼的話我可不負責喔！」

喔，希望他不會因爲看到了我的阿嬤內褲而眼睛生病才好。

大學開學之前，我的超級瘦身任務終於告一段落。

某個天氣很好的酷熱午後，簡良智說要帶我去逛百貨公司兼吹冷氣消暑，說眞的，這還是我生平第一次跨進看起來那麼遙不可及的化妝品專櫃，讓傳說中的櫃姊爲我化妝，順便爲我解說化妝品的使用方法。

當櫃姊輕輕將夢幻粉霧般的ＢＢ霜妝點在我的臉上，她還一邊轉過身去對著簡良智說：「你女朋友很漂亮耶！皮膚又好！」

而他竟然沒有反駁，還一副「哪裡哪裡，您客氣了」的謙虛表情！

在櫃姊巧手打造下，我有種灰姑娘變身小公主的幻覺。怔怔望著鏡中的自己，我從來都不知道自己可以這麼漂亮！

從此，我愛上了化妝品這神奇的夢幻逸品，從清純淡妝到誇張的濃妝都逐漸上手，就連穿著也捨棄了從前一成不變的寬大上衣和鬆垮牛仔褲，從大嬸裝扮晉級到花樣少女的甜心 look。

我邀了簡良智陪我去逛街買衣服，他則聳聳肩膀，一貫機車的語氣說著，「早該買了好嗎，妳那破破舊舊的阿嬤內褲換了沒有？」我害羞地追著他打。這傢伙，明明說沒看到的，結果連花色都記得這麼清楚！

不過，有他陪伴眞好，從小到大，這是我第一次享受到荳蔻年華的女孩應有的特權，跟朋友一起逛街買衣服，挑挑路邊小飾品這樣的樂趣，我還會親暱第挽著簡良智的手走，假裝他是我的姊妹淘似地。

他則嫌棄得碎碎唸起來，「女孩子家的，行爲這麼不檢點，走路不好好走，還要這樣黏在一起，是要怎麼走路……」

「別這樣嘛，人家從來都沒有這樣挽著好朋友的手一起逛街呢！」

他還有完沒完地繼續叨絮著，只是，被我勾著的手怎樣都沒有抽開。

我嘗試穿上生命中的第一件蕾絲合身洋裝，也是他陪著我的。卻因爲背後的拉鍊怎麼拉都拉不起來，搞了好久還是搞不定，只好向在外面等候的簡良智求救。

「嗚嗚，是不是我還太胖，太高估自己的身材啊？」我幾乎都要哭了。

「笨蛋耶妳，衣服根本沒穿好是要怎麼拉得起來啦？」

「是這樣嗎？喔，簡良智，如果沒有你，我眞不知道該怎麼辦……」

直到我們兩個一起走出試衣間照鏡子，外面的客人投以奇怪的眼光，還不時在我們背後竊竊私語。

在這其中，有個媽媽竊竊私語得很大聲，「唉唷，現在的年輕人都這麼開放喔，要是我女兒，我早就……」

時間，從我還是恐龍妹的遠古時代回到現今。

「Summer 姊，下班後要不要去聯誼啊？」一時半刻的，我還沒有意識過來安淇是在叫我。

其實，我原本用的英文名字是 Winola，取自於我中文姓名歐詩蔚的「蔚」字相近音，音譯蔚諾拉，意思是珍貴的朋友，我一直很喜歡這個特別的名字，只是，在自我介紹了四五次之後，某次會議上，被公司總經理點名叫到，直指著我的臉，叫那個蔚什麼的蔚了半天叫不個所以然來。

後來，漸漸有人乾脆開始喊我 Subway，也是取「蔚」字的諧音，之後，我的英文名字就莫名其妙被改爲「Sub 蔚」，又慢慢演變爲聽起來比較合理的「Summer 蔚」再到最後人人習慣叫的「Summer」。

因此我也只得妥協了。

誰叫這間公司同事的中文名字剛好都有個英文名諧音。

我的助理兼搭檔許安淇英文名字順理成章地就叫作 Anchi，我的死對頭業務組組長李依芳取諧音叫作 Yvonne，而李依芳身邊的小嘍囉助理吳小梅，英文名字想當然爾就該叫作 May。

「一起去嘛！」

見我沒有回應，不死心的安淇帶著笑意走近，乾脆杵在我的辦公桌前，佔據我的大半視線，讓我不得不正面給她回覆。

我只好停下忙碌敲著鍵盤的指尖，靈活跳躍的思緒從方才的企劃案中抽離，望著她慫恿的臉龐，卻還是顯得興趣缺缺，「不是很想耶……」

「就當是敦親睦鄰嘛，今天是要和對面辦公室的科技男聯誼喔，而且地點還是附近新開的那間高檔餐廳，聽說他們的包廂裝潢是走時尚奢華風，餐點則是……」

「怎麼聽起來一點都沒有吸引到我啊？」我手撐著下巴，頗無趣的樣子。

「喔，妳很機車耶，仗恃著自己長得正身材又辣就可以眼睛長在頭頂上。上次那個高富帥追妳追了兩個月，送的玫瑰幾乎要淹沒整個部門了，妳還是沒有搭理人家！」

「就沒感覺嘛！我總不能昧著良心跟人家交往吧？而且我又不喜歡玫瑰花！」

「喔，妳很暴殄天物耶！」安淇頗誇張地翻了個白眼，安靜片刻，鬼靈精怪的小腦袋瓜裡不知道又在計畫什麼，「好吧，妳不去也好啦，那我去問吳小梅，看她們家Yvonne 要不要參加？」

聽到這裡，我不自覺的皺了皺眉，見我終於上鉤，安淇這才對著我得意笑開。

「開玩笑的啦，妳的敵人就是我的敵人，我怎麼可能捨棄妳這個精神領袖去投靠Yvonne！」安淇很義氣地拍拍胸脯。

「原來妳對我這麼死忠喔！」換我忍不住翻了個白眼。

「那當然，妳大姊頭耶。」她看起來不是很可靠地向我挑眉。

「況且，想當年安淇妹妹我還是超級菜鳥的時候，被 Yvonne 那女的整得有多慘妳又不是不知道！還哭著被她叫去刷馬桶呢，幸虧當年有妳相挺。話說回來，這整個公司除了總經理，就妳敢嗆那個女的了耶！」

「什麼叫做『那個女的』啊，小心被 Yvonne 那幫人聽到。奇怪了，這沒大沒小的丫頭眞不知道是誰帶出來的……」

「當然是妳啊，還記得我來企劃組報到的第一天，妳就對我曉以大義，說什麼妳不需要吹捧奉承的人手，妳需要的是忠肝義膽的夥伴！」

我眞的有這樣說過嗎……

話說回來，實在不是我要爭奪什麼職位名利，或在公司搞對立這種小家子氣的事情。只是，一個團體裡面總會有像廖思涵或 Yvonne 這樣的女生，自詡是公主幫的幫主，以爲只要外表漂亮，全世界就以她爲中心轉動，可以任意指使別人、輕蔑踐踏別人。

記得我還是業務組和企劃組共用的小小工讀生時，她便恣意使喚我跑腿，到距離公司有一段路的甜點店鋪幫她買下午茶點心。不管我還有沒有課或是期中期末考，丟下整大箱的市調報告要我在街上發完才能下班。

一開始順從的我，認爲這些都是在職場上無可避免的雜事，直到有一次，她要我在公司熬夜整理文件資料，我照做了，隔天她進會議室開會，發現文件缺頁，被上頭主管臭罵一頓，她將這樣的怒氣全轉移在我身上，把缺頁的文件從我臉上狠狠砸下。直到那刻，我才學會了自我保護。

「這些工作，應該是妳自己的該做的吧？」努力忍住哭泣，我對上了她的眼睛，冷靜開口。

「妳明明做錯事情還敢狡辯？」

「是我疏忽很抱歉，但是，這些工作是部長交代給妳的工作。當初我應徵這份工讀生職缺時，人事告知我只需支援助理工作，在這之中，並不包括幫妳個人跑腿買點心，或幫妳個人分攤妳消化不完的市調吧？」

然後，她無話可說了。

在那之後，Yvonne了解我偏不投誠也不吃她那套的性格，卻也始終饒不了我在眾人面前讓她顏面盡失的。於是，一逮到機會就會數落我的不是。當然，我已經不是當年只會傻傻哀打的歐胖蔚了。

儘管我已經擁有不同於以往的姣好面容與出眾身材，但我時時提醒自己謙遜有禮，將Yvonne當作自身借鏡，可以偶爾刁鑽但不能驕縱，當面對Yvonne時常的小動作挑釁，我都能冷言回敬，包準她啞口無言。這些年下來，甚至更能夠出手保護那些飽受Yvonne欺負的菜鳥新人，讓她們免於受到和我當年一樣的不公平對待。安淇老是說如果我在古代出生根本就是個俠女。

這就是我歐詩蔚的不溫柔宣言。

「唉喔，Summer姊姊，真的很希望妳一起去嘛！好不好？」

還Summer姊姊呢……

只見安淇雙手合十的央求，有些撒嬌也有些裝可愛地嘟起嘴巴。不過，不管是撒嬌還是裝可愛都對我無效。

「讓我考慮一下吧，手上的這個企劃案完全陷入膠著，我實在沒有心情，眞不知道該怎麼……」

大概知道我不會答應，在我還自言自語的碎碎唸時，安淇已經頗有自知之明地默默飄走。五分鐘，她再度回到我的身邊，帶著燦爛如花的笑容，「嗨！Summer 姊。」

「小姐，妳是工作太輕鬆了嗎？」

我正打算把桌上那個剛通過的企劃丟給她去聯絡工廠，她突然整個人靠了過來，「我有最新情報喔，剛剛去廁所聽到業務組的人在說，有可能跟對面辦公室那間科技公司的科技男合作研發出震動式的按摩眼霜耶。」

我聞聲，匪夷所思地深慮起來，「市場上早在幾年前就有開架式品牌推出電動震動式的按摩眼霜了啊，這個點子並不創新，是眞的假的？妳不會是誆我的吧？」

「去了就知道呀！好不好嘛好不好？」她對我眨眨眼。

最後，我只能無不好地點點頭。

「不過，不是因爲妳對我拋媚眼的關係喔！」

第五章——思念所及之處

說眞的，我實在不愛這種場合。

早先和簡良智通電話時他也勸我不要去，只是，他勸退的方式依舊讓人無法苟同。

「去那邊拈花惹草幹麼？妳是吃飽太閒喔？」

是的，多年後，簡良智說話一貫的機車風格還是沒有隨著年齡的增長稍加收斂。

「就是吃飽太閒的人才會辦聯誼嘛！」

「眞不懂現在年輕人在想什麼耶，三不五時就聯誼，不然就辦趴，是有沒有這麼空虛啊。」他已經在電話那頭嘟噥起來，如果不是知道他的眞實年齡，我大概也會誤以爲自己是在和一個老頭子通話。

「你啊，也別老是埋首工作，有聯誼就去參加，單身久了，我都誤以爲你愛的人不是我就是我們家歐羅肥呢！」

「喂，妳怎麼這麼說話啊，當年要不是我在妳屁股後面猛督促，妳會有今天……」

接下來的叨絮我就懶得再聽了，乾脆直接把手機放到旁邊，然後開始補妝，心裡惦記著下午安淇捎來的那個情報，幾番忖度該怎麼套話才能知道業務組進行的案子啊……

稍晚，和安淇兩個人一進到聯誼地點，就看見 Yvonne 坐在包廂正中間的位置，一副女王般的超高姿態。我一個轉頭，投出足以殺人的目光殺向身邊貌似無辜的安淇，是誰說對我最死忠絕不投靠敵方的啊？

「唉呀，一定是推廣組的人亂約她的啦……」

她頗心虛地越說越小聲，安靜幾秒，又像是想到什麼般再度開口，「看吧，我的情報眞的很可靠吧，說不定業務組眞的和這些科技男有什麼內幕呢！」

「還敢說呢，妳已經是放羊的小孩了啦。」

尷尬地站在包廂門口，都跨進這步了，總不好再回頭轉身離開。

我只好暫時撇開厭煩的嘴臉，擺出最迷人的媚惑表情，展現不容別人忽視的出場氣勢，「Yvonne 姊，抱歉喔，我們來晚了！」

「Yvonne 姊？」Yvonne 應聲抬頭，氣急地瞪著我，卻也什麼話也說不上來，那表情像在說誰准妳在這麼多男人面前喊老娘「姊」的？

我無視於她幾乎爆青筋的扭曲表情，依然嗲聲嗲氣地對著大家打招呼，「你們好，我是 Summer。」

「喔，是 Summer 啊。」

很好，我已經看見兩個科技男如痴如醉的深情眼神盯著我不放了。

在開了兩瓶紅酒之後，話題也像是越漸酣熱的氣氛般紛紛開啓。

坐在我身邊的兩個科技男像是鎖定了我，開始問東問西起來，標準是來聯誼找女友的玩咖。

「我和這位安淇都是企劃組的，我們公司的業務部門是由企劃組和業務組組成，一開始是因爲彼此輔助，業務上也都需要很頻繁的往來，公司乾脆將兩個小組合併整合爲業務部，方便作業流程。」

語畢，某個白目傢伙提出了他的質疑，「一山不容二虎，一個部門有兩個美女組長，不會打起來啊？」

「不會啦，她們都暗裡來！」安淇低頭喝酒的時候，對著酒杯含糊說道。

我趕緊在桌底下擰了她一小把，制止她這麼天眞爛漫的誠實發言。

同時，我在 Yvonne 開口說話前搶得先機，「怎麼會，我雖然『同樣』身爲組長，但是論輩分還是不比 Yvonne 姊，很多 case 都需要 Yvonne 姊的建言與經驗溝通才能順利達成呢。」

「這麼懂事的後輩啊！」另一個更白目的傢伙接著開口，「看妳這麼年輕就擔任組長，那 Yvonne 不怕哪天被妳幹掉嗎？」

這次，安淇邊咀嚼著牛排，呼嚕說道，「喔，這是遲早的事！」

我又準備伸手到桌底下掐安淇的大腿，誰知道我卻撲了個空，這鬼靈精已經早先料到般挪走身體，我只好正襟危坐，拿出專業的笑容打圓場。

「不會啦，我從大四就在公司當工讀生，到現在資歷不過四年而已，怎麼趕得上待在公司已經七八年的 Yvonne 姊呢！」

「哇，Yvonne 妳已經工作這麼久了？」

「可是妳剛剛明明說妳今年二十七歲吧？不會謊報年齡爲的就是要騙我們這些小弟弟吧？」

「唉啊，人家我……」

猶如拋下了個炸彈，這些只愛嫩妹的現實科技男此起彼落地紛紛議論著，再轉眼去看看想用嬌嗔避重就輕匆匆帶過的 Yvonne「姊」，那美麗經過精心裝扮的面容已經開始沁出汗來……

「Cheers。」坐在對面的我，故作優雅地舉起紅酒向她致敬。

忍不住再次強調，我眞的很不喜歡這種聯誼的場合。

「哪個女人不喜歡被花言巧語包圍啊？何況是像妳這種等級的曠世美女。」某個油腔滑調科技男在與我舉杯敬酒時脫口說出這句話。我覺得他眞的很煩，找了個藉口離開包廂，默默來到外面透透氣。

眞是的，整場聯誼下來，菜都上得差不多了，結果關於業務組和科技男暗自合作的案子，什麼口風都沒有套出來，還被那個自以爲幽默風趣的傢伙纏住，討厭死了。

該不會業務組眞的暗中進行？Yvonne 那隻老狐狸到底在盤算什麼啊，難道是上頭指示的嗎？我忍不住逕自猜臆著。

獨自站在包廂與包廂之間的迴廊，無心打量著這低調奢華的風格，難怪安淇一直嚷著要來。視線還停留在前方那盞巴洛克式的水晶吊燈，霎時，眼角餘光瞥見某個似曾相識的熟悉身影，一閃而過。

這秒，我望得入神了。

沒有注意到剛剛那個油腔滑調科技男已經步出包廂，從我身後偷襲，搭上我的肩膀。那樣嗆鼻的酒氣，不用看就能知道他鐵定有幾分醉了，甫一回頭，我頗不爽地幾乎就要開罵，就是因爲這樣，才不喜歡參加這種場合的呀！

沒有想到，在我脫口之前，一個男生已經早先把我拉開，那個油腔滑調的科技醉男頓時踉蹌而倒。

「謝謝！」雖然我其實並不需要你出手相救。

我還沒有說完，抬眼，然後……

有這麼一個短暫瞬間，我是屏住呼吸的。

猛一抬眼，似曾相識的熟悉臉龐就這樣倏地闖入我的視線與毫無防備的心房。沒想到那個將我一手拉開免於酒醉男子騷擾的人竟然會是……

「好傷心。我還以為妳喜歡的人的是我呢！」

「我去跟老闆說，讓妳跟我們一起！」

「那我的禮物跟妳交換好了，反正我很喜歡吃健達出奇蛋嘛！」

一下子，十七歲那年，搖映璀璨的欒花花簇瞬間落雨似地飄散飛揚整座校舍空地，宇和我驚嘆著眼前及時灑下的繽紛花雨，痴迷地像傻孩子般伸手接迎的回憶都湧上了。

怎麼可能會是他？

面前，就站著多年以來我思念的那個人。

宇，眞的是你！

我凝視出神，眼眶情不自禁地開始悄然氾濫，從沒想過我們會有再見面的一天。拚命忍住哭泣，我屏息，直到宇關切的眼睛對上我的無助雙眸。

「妳還好嗎？」

隱忍不住，我就這樣一字不漏的將心底話全部吐露出來，「是誰準你當年這樣一聲不響離開，現在又這麼耍帥出現的！」

他則拿出匪夷所思的奇怪表情看我。

爲什麼他瞅著我的眼神好陌生？

「妳是……」宇滿臉困惑的表情很眞實，不知道是因爲我減肥變身太成功了，還是他根本忘了當年一起啃著小不啦嘰巧克力麵包的小胖歐胖蔚。

想想，突然無法適應這樣五味雜陳的思緒，心緊緊揪著，隱然作痛。

這場聯誼的科技男主揪人剛好從包廂走出來，遠遠見到宇便嚷道，「Ethan，快來，就你最慢，菜都被吃得差不多啦！」

Ethan？

認識這麼久，我從不知道宇的英文名字是Ethan。被這些總不相見的遙遠歲月所拉遠的距離感，讓我覺得和他好有隔閡，加上他已經認不出我，感覺好失落。

宇就這樣被帶走了，遺留下悵然若失的我一個人，還迷失在時間的洪流裡，遲遲無法回來。

直到這場聯誼結束，宇都沒有機會和我單獨說上話。我從停車場開了車要離開，剛繞回餐廳門口，便瞥見他攙扶著剛剛那個想要搭我肩膀的科技醉男，伸手應該是要招計程車。

不自覺地慢下車速，我從後照鏡望著他笨手笨腳根本叫不到車的樣子，本來想假裝沒看見的，身體卻自然而然做了順應眞正心意的動作。一個掉頭，我又繞回餐廳門口，停在他和科技醉男面前。

「上車吧。」我搖下車窗。

他顯然很意外，不論是我的出現，或是我的邀約。

爲了掩飾自己莫名其妙的私心，我趕緊補充解釋，希望這一切都不會太突兀。「這個地方很難招得到計程車的。」

「那就謝謝啦。」宇表現得很大方，那麼良善的表情和會笑的眼睛與多年前的模樣還如此相仿。反倒是我……

「請問，妳是不是認識我啊？」

才剛上車，安頓完那個已經不醒人事的科技醉男，繫好安全帶，宇甫一開口，就讓我幾乎招架不住。我壓根沒有想到他會問得這麼直接了當，無言之間，怎麼都不敢再直視他的雙眼。

我猶豫了好一陣子才開口，「不認識。」

「因爲剛才在包廂外面妳對我說的話，我以爲……」

「不好意思，是我認錯人了。」

宇，對不起，我撒謊了。

他沒有看穿我的惴惴不安，後照鏡裡反映那張安適愜意的臉龐眞的讓我好懷念。他話家常那樣地對我說，因爲高中畢業就隨著家人移居國外定居念書，很多以前要好的同學朋友也都失去聯絡。

我靜靜聽著，因爲不知道該說些什麼，這個時候，似乎只能選擇沉默。

安靜沒有多久，又聽見他開口，「妳也走這條捷徑啊？」

他驚奇的樣子還是那麼純淨像個小孩，趴在車窗邊興奮地指著外面流逝的景物，滔滔不絕地介紹起來。「原來我們住在同一個生活圈耶！從這裡過去，就會到我以前就讀的高中喔！我以前啊，常常……」

宇，你是眞的認不出我了嗎？

你出國後，我還是常常繞到你家附近，還是常常回到高中校園去看看，知道嗎？小小咖啡屋在我們畢業後沒有多久就換了老闆經營，現在，再也沒有僅限俊男美女這種充滿歧視意味的優惠活動，連我這樣的社會人士都可以三不五時就窩在那個你曾坐過的窗邊位置想你。

知道嗎？宇，我好想你。

這晚，我輾轉反側，怎麼都無法安睡。

當年那個緊緊糾纏著我的可怕夢魘又重演了，廖思涵、鍾婷婷還有她們那群咄咄逼人的公主幫成員將我團團包圍，使我無路可退。她們一邊冷嘲熱諷，一邊掐著我身上那層怎麼都甩不掉的油膩肥肉。

我苦苦哀求她們不要再捉弄我，放了我吧，我好難過、我好痛。

但是，廖思涵那張冷峻表情的臉始終沒有變過，「肥成這樣，妳有什麼資格喜歡駿宇啊！」

「對呀，憑什麼呀妳，醜八怪、死肥豬！」

接著，我哭到醒來。

凌晨兩點十分，我趕緊衝到穿衣鏡前檢視自己，確認自己還是纖瘦的身形，剛剛的畫面都是惡夢一場。

我心有餘悸地找到身邊的手機，匆匆撥了電話給簡良智，無論發生什麼，雖然說話方式是機車了點，但他總有辦法安慰我的。

「我剛做了惡夢，好可怕。」我還哽咽著。

他的聲音則是透著濃濃睡意，說不定他也還沒弄清到底是誰吵醒他的。「嗯？」

「我夢見廖思涵她們掐著我的肥肉，好痛！」

「拜託！」似乎有些意識過來是我，簡良智還打了個哈欠，「小姐，妳知道現在深夜幾點嗎？」

我沒有搭理他，繼續說道，「昨天下班後，我去聯誼遇見張駿宇了。」

聽見這個久未提起的姓名，此時，簡良智已經完全清醒過來，「妳是說，畢業當天妳試圖告白結果無疾而終，去他家找人又追錯車的我們班那個張駿宇喔？」

「需要記得這麼清楚嗎？」我好無奈。「對啦對啦，就是因爲遇見他，我整個當年的夢魘都跟著湧上來了，好可怕。」

他嘖嘖稱奇起來，「那他認得出妳嗎？他還是長得很帥嗎？還是，跟歐鈞蔚一樣，已經變成不修邊幅的中年男子了？」

「請問，妳是不是認識我啊？」

宇問著我的模樣再度浮現眼前，我深深陷在他還是那麼迷死人不償命的帥氣風采之中，「帥，跟你比的話，比你帥了八百八十八萬七千兩百四十三倍，如果是跟我家那隻歐羅肥的話，那是比他帥了九兆七百億倍，換句話說，簡而言之，就是帥到掉渣！」

「三更半夜的，發什麼花痴啊妳！」

「喔，不管啦，你要負責，都是你們當年那樣嘲笑我，重創我的幼小心靈，害我現在遇到宇，連帶以前那些討厭的記憶都跟著找上門來！」

「我？」簡良智頗無辜地大叫。

「誰叫你當年笑我笑得最慘最大聲，你、要、負、責！」我再次重新聲明。

「有啊，我都說我要娶妳了嘛！」他想想，半開玩笑地回答。

「這麼沒誠意？」要是當年我一定會感激得要命，但現在老娘我要型男有型男、要宅男有宅男，才不希罕你這個機車男呢！

「唉啊，當年我到底是造了什麼孽啊我……」他則長吁短嘆地哀號起來了。

懶得理他，我打了個哈欠，「好像有點想睡了耶，那就先這樣啦，晚安。」

「喂喂！」電話那頭的簡良智似乎還有什麼話想說：「把我弄醒了妳就這樣……」

接下來他說什麼我都聽不見了，因爲我已經掛上電話，又睡著了。

一進到公司，安淇見到我立刻追了過來。

「昨天聯誼的那個 Ethan 跟妳什麼關係？他和那個科技醉男爲什麼會上了妳的車？妳們之後還去了哪裡？有沒有過夜？該不會發生了什麼不應該發生的事情吧？」她開口就是好長一串問句，肺活量好到完全不需要換氣，只差沒有追問宇的祖宗八代和家世背景而已。

「幹麼幹麼，審問犯人啊，連我媽都沒有這麼緊張了。」

「No! Wrong answer!」安淇比畫劃了好大一個X型手勢，「該不會眞的發生了什麼吧？」

說眞的，我的確不知道該從何交代起，是要從九年前自己還是恐龍時代的遠古生物說起呢，還是要從宇昨天闖入開始交代？

我雙手抱胸，還深深忖度思量著，所以沒有回話，心急的安淇誤以爲我故意欲語還休，她嘆了口氣還一邊搖頭，「這下糟囉，痴情男遇到勁敵囉。」

「什麼跟什麼啊？」

只見安淇超級惋惜地對著我擠眉弄眼半天，我才聯想到，她口中的那個痴情男應該是簡良智。

「他是我的閨中密友姊妹淘啦。」都已經解釋過七百九十二遍了，這安淇怎麼就耳根子這麼硬，聽都聽不進去！

「拜託，是誰在愚人節向妳告白的？分明就是幫自己找好台階下，就算是被妳拒絕了，他也可以痞痞地假裝是愚人節對妳開的玩笑，不會因此失去妳這個朋友。依我多年來看男人的經驗啊，他對妳如果是純友誼的話我就……」

就嫁不出去。

這種不可靠的誓言她已經講過不知道幾百遍了，誰知道她眞的是因爲發誓才交不到男朋友，還是她壓根就不想交男朋友。

「少發這種無聊的毒誓喔，要是妳眞的因此嫁不出去，妳媽應該會哭吧。」我訕訕開口。

至於愚人節告白這件事情，我深深認定是簡良智這傢伙整個吃飽太閒，天外飛來一筆的捉弄啊！就我對他多年來的了解，捉弄我個人可是他人生的一大樂趣。

眼見我是怎麼逼供都不吐出案情，安淇頗有自知之明地默默飄回自己的辦公桌前，默默打開電腦螢幕開始認眞上班，倒是我們兩個都沒有料想到這 Yvonne「姊」和吳小梅的動作之快，午休時間，同事們才緩緩步出辦公室要外出覓食，走到門口，就已經望見她們兩位和以宇爲首的那幫科技男談笑風生，相約要去吃飯。

經過我們面前時，Yvonne 刻意頓住腳，那張濃妝底下的美麗臉龐蹧得跟什麼一樣。登時羨煞了我們這票陰盛陽衰猛流口水的女同事們。

「好羨慕 Yvonne 和小梅喔，要是能跟他們一起去吃飯就好了……」

「明天不知道他們還會不會一起吃飯，可以先報名嗎？」

安淇不以爲然，「眞是一群沒志氣的女人耶！」

就在這個時候，有個身影突然想到什麼似地脫隊，回頭走向我們，再次攫獲了眾姊妹緊緊瞅著的期盼目光，「是 Ethan！他走過來了！」

「喔，他好帥喔！」

「天啊天啊，他不會是特地來約我一起吃飯的吧？」

最後，眞是抱歉讓她們失望了。

因爲她們口中的 Ethan，也就是宇，已經風度翩翩地停在我面前。

他先是禮貌地向我身邊的安淇點點頭打招呼，再轉過身來，對我親切地燦然一笑，「嗨，昨天眞是謝謝妳了，改天再請妳喝杯咖啡。」

我微微笑，接受了他的提議。

宇離開後，大家開始七嘴八舌地議論起來。

「Summer，爲什麼 Ethan 只約妳？」

「說，妳到底對他做了什麼？」

「喔，Summer 妳都來暗的，惦惦吃三碗公，那個 Ethan 是那群科技男裡面最帥的，也是 Yvonne 最覬覦的菜耶。」

「什麼？」是這樣喔？我怎麼都不知道？

說到這個，推廣組的 A 小姐不愧是情報高手，拿出她相當專業的洞悉力，「妳不知道喔，她當然最哈了，說要聯誼的時候，也是 Yvonne 非常積極主動促成的耶！」

「他們到底是怎麼搭上線的啊？」

「商業機密！恕我無可奉告！」A 小姐只是點到爲止。

眾姊妹們見沒戲可唱，各自散去，安淇則拉我到旁邊借一步說話，「該不會業務組眞的在搞小動作，獨立進行電動按摩眼霜這個 case，所以她們才有機會和對面的科技男接觸辦聯誼吧？」

雖說安淇的推論不無道理，我還是抱持某個程度的懷疑，「我想應該不會，昨天那幾個科技男都被我灌得差不多了，也沒說什麼出來。」

安淇露出閃閃發亮的崇拜眼神，「不愧是我的 Summer 哥，酒國英雄耶妳！」

我已經無言了。

再回首遙望宇走得遠了，進入電梯前，又朝我回眸一笑，那麼純淨的好看笑容當場融化了女同事們的芳心。

就連站在科技男之間的 Yvonne 都滿臉不解地瞟向我，怎麼也弄不清楚我和宇是什麼時候有交情的。

遠遠地，電梯門緩緩關上。

我一個轉身，在無人的地方大跳少女時代的最新主打，一邊扭腰擺臀，一邊唱了起來，「I Got A Boy 멋진（帥氣），I Got A Boy 착한（善良）！」

一有陌生的路人經過，我又故作鎮定地神態自若。

安淇一副她自己不是女人的模樣，深深長嘆起來。「唉，女人啊……」

✤

下午，天氣不錯，陽光從偌大落地窗外透了進來，頓時照亮整座辦公室。

我望了望這樣晴朗的颯爽天空，決定提早結束手邊的打字工作，趁著高中女生下課的時段去做些市場調查，為了要能針對各個年齡層女生的需求提供源源不絕的點子，最佳的方式就是親自上街頭做市調。

雖然不免要曬曬太陽，或是遇見很機車怎麼都不給調查的路人民眾，不過，我熱愛我的工作，更不想輸給總被拿來和我比較的 Yvonne。

「那就把那個眼睛會電人的 Ethan 搶過來氣死她就好啦。」安淇是這麼提議的。

「不要，這麼沒品的事情我才不幹！」

「有什麼關係，」她無所謂地聳肩，「反正妳長得這麼正，使些壞也是被允許的，好嗎？」

「眞不懂你們這些偏差的觀念從哪裡被灌輸的，知道嗎？人是不能用外表決定一切，即便是有美麗的臉蛋，品性也必須端正才稱得上美女，這才是……」

「又要說妳那什麼不溫柔宣言的論調了吧？又不是美少女戰士……」邊說，她還很幼稚地擺出了卡通的經典動作和台詞，「我要代替月亮懲罰你！」

我故意掠過她，開始唸著稍早之前我要她做的待辦事項。

安淇則是推著我把我趕出門，對於我不厭其煩再次交代她要做的事情，她搶著接話，「我的工作妳早交代過啦，我也都記著了，只是，要挪個時間出來和 Ethan 約喝咖啡喔，工作狂！」

「知道啦。」

就算安淇不提，我也不可能忘記的。

這些年來，儘管外表是變得漂亮了，終於如願獲得許多學校男生的青睞與愛慕，大學期間也交了兩個男朋友，但是，怎麼說呢……

我還是無法把心交給只愛上我的臉蛋身材，卻始終弄不清楚我在想什麼或是我需要什麼的膚淺男生。

簡良智曾經笑我龜毛，他說身爲男性，眞想爲被我狠狠甩掉的前男友們平反，男人本來就是視覺的動物啦，要他們違背本性假裝只愛我的內在，那根本是在逼他們挖掉自己好色的眼珠子嘛。

話是沒錯啦，只是……不能有個男生只是單純喜歡我的個性，就算哪天我又復胖了也不會調侃我笨重的身材，而用那雙會笑的眼睛瞅著我，友善得就像是縱然全世界都要與我為敵，他也會毫無條件的站在我這邊這樣的人嗎？

我的思緒飛得好遠，遠得回到了十七歲那年，回到那個雨下不停的天氣，有個男生自告奮勇主動說要幫我把羽球拍搬到羽球館。雖然那個時候的我胖得可以，又醜得要命，但是他還是說我好可愛……

開車穿梭在車水馬龍的市區，邊尋覓適合高中女生的市調地點，繞著繞著，最後還是回到了我心心念念的高中附近。

把車停好，我緩緩步入已經換人經營的小小咖啡屋，選了那個宇曾經坐過的靠窗位置，看了看手錶，忖度還要多久高中生才會下課。

我曾經信誓旦旦要自己再也不能踏進這個充滿黯淡點滴的陰晦地帶，卻總在獨自想念著宇之際，不知不覺的，又回到了我們產生交集的這裡。來到這座小小咖啡屋，靜默溫習著每個有關他的溫柔記憶。

彷彿唯有如此，才能挨過多年來的漫漫思念與寸寸的心傷，彷彿我們兩個一起坐在新建校舍的空地，啃著小不啦嘰巧克力麵包的日子還是不久之前。彷彿宇他從來沒有離開過。彷彿我們還有可能見面的一天……

卻從來沒有想過，當我們重逢，他已經不認得我了。

「喂，肥婆！」

我猛地回神，瞬間錯覺以爲前面那桌的學妹是在叫我，直到抬頭，才發現是個長得滿漂亮的高三女生，滿臉囂張地撿了餐盤裡的一根薯條，沾了番茄醬像塗胭紅般畫過另一個胖女生的臉上。

就如料想之中的反應，那個胖女生難堪得眼淚在眶底打轉，卻委屈得怎麼都不敢反抗。

見到這幕，我心疼得要命，猶如照鏡子般看到往昔的廖思涵和自己，一個拍桌，我再也看不下去，蹬著高跟鞋站起身來，毫不留情地脫口仗義直言。

「喂，妳在幹麼？仗勢自己有幾分姿色就可以欺負人嗎？妳就禱告自己這輩子不會變醜變胖，不然！就等著被跟妳一樣沒品的人霸凌吧！」

「干妳屁事啊！」那漂亮女生自知理虧，只敢瞪著我，最後，沒轍地悻悻然離桌，「莫名其妙耶，死大嬸！」

啊？什麼？我指著自己的鼻子，好半晌氣得反應不過來。

這臭小孩有沒有搞錯啊，姊姊我才妙齡二十六歲耶，怎麼就被叫成大嬸啊？下意識摸摸自己的臉龐，難道我眞的看起來很老嗎？是不是因爲最近工作比較忙，常常熬夜，所以皮膚看起來沒有光澤啊？還是我開始長皺紋了……

還沒有完全冷靜下來，一個記憶中的聲音從頭頂落下，就如十七歲那年我們第一次見面的場景那樣。

「嗨！正義姊，這杯咖啡請妳喝，剛剛妳教訓那個小女生的樣子超帥氣的耶，眞想不到妳看起來這麼柔弱，氣勢還這麼驚人！」

怔忡之間，我瞅著那樣熟悉的會笑眼睛饒富興味的樣子，下意識脫口叫出他的名字，「宇……」

「嗯？妳叫我嗎？」

我回過神，接過他兌現的熱咖啡，趕緊搖頭，「喔，不是啦，是……好像快要下雨了。」

幸虧我的反應算快。信手指了指外面看起來雲層低低的灰色天空。

「還以爲妳知道我的中文名字呢，妳好，我叫張駿宇。」宇邊說邊伸手出來對我示意，那副純眞良善的表情並沒有太大的改變。

我知道。我是……

只是，被思緒淹沒的我顯得失態了，才要順口說出自己的名字，一下子又恢復理智就此打住。

宇沒有發現我的異狀，「妳姓夏吧，」他大概察覺了我們公司同事大多都有個中文諧音的英文名字，於是這麼猜測，「中文名字呢？」

「我叫夏……蔚。」我緊張得手裡沁出了汗。

眞的不是故意要騙你的，只是，我不知道該怎麼解釋自己就是當年的那個小胖歐胖蔚，尤其連你也已經認不得我了……

「兩個字嗎？」宇很稀奇的樣子，想了想，又慎重地唸了一次我隨口扯的假名字，「夏蔚啊，很特別的名字呢。」

他的由衷稱讚更叫我無地自容，只能汗顏地趕緊轉移話題，「對了，你怎麼在這裡？」

「我啊，下午被派到內湖開會，回來剛好還有些時間，就到這附近繞繞囉，昨天在車上跟妳提過的，我是念這所高中的喔，外面那些學生都是我的學弟妹呢。」指著窗外對面高中來來往往的高中男生女生，宇頗自豪地說著。

然後，他才想起什麼似地問起，「那妳呢？怎麼在這裡啊？好巧喔，又見面了。」稍微說明自己爲了做市場調查的簡單來意，他說了，妳很熱愛自己的工作呢，眞好。

我微笑點頭，當那麼熟悉的會笑眼睛凝視著自己，而他卻怎麼都不認得我了，想到這裡，不禁深深望著他出神。

「哈囉？妳還在嗎？」回過神來，才發現宇與我相當靠近地在我眼前揮手。

「喔，抱歉，我失神了。」

因爲想起了從前那個你，不同於現在二十六歲的 Ethan，而是和我一起啃小不啦嘰巧克力麵包，送我紅鼻子麋鹿的，十七歲的那個宇。

「妳好像很容易失神耶，每次都會用一種很迷濛的眼神看著我，有點……」他說著說著便自己害羞起來，然後，在我耳邊很小聲補了一句，「看起來有點色情。」

「有嗎？」登時，我頗不能接受地大叫出聲，只差沒有從座椅上彈起來而已。

我覷覷他，默默吞口水的樣子有這麼明顯嗎？一直以爲現在這個二十六歲自信美麗的自己已經不同於以往，沒有想到宇竟然還會這樣認爲我，而且還說我看起來有點……色情？

「呵呵，有一點。」

沒有注意到我已經近乎崩潰的窘樣，他誠實的樣子還是和以前一樣，「不過妳很親切，才見過兩次面，可是總覺得我們好像已經認識很久了。一般美女都會有種惺惺作態很難親近的距離感，但是妳不會，像昨天很好心載我和我酒醉的同事回家，剛才又像俠女一樣現身，眞是太帥了。」

這樣算是褒還是貶啊？是稱讚我很親切嗎？還是……意指其實我還稱不上是美女等級啊？

「是說我不美的意思嗎？」我耍任性地噘著嘴，沮喪得抬不起頭來了。

「不是啦，我不是那個意思，」宇見我使性子，竟然噗嗤笑了，「我剛剛那句話的意思重點應該是擺在妳很……」他頓了頓，慎重起見地開口，「親切。」

而我還以爲他要說的是，「色情？」

因爲我們同時脫口出兩個截然不同的答案，宇那雙燦亮的眼睛已經忍不住笑意，整個笑開懷了。

第六章——還，記得我嗎？

「我好窘。」

可能因爲喝了小小咖啡屋的咖啡，這個晚上到了十二點四十五分的此刻，我還非常精神抖擻，怎樣都沒有絲毫睡意。

乾脆起床，在直立式的穿衣鏡前，穿著小內褲面對鏡子大唱少女時代的〈I Got A Boy〉，邊唱邊跳直接開起了個人的小型演唱會。雖然只會唱兩句副歌歌詞，不過已經夠我在鏡子前面邊騷首弄姿邊唱跳半個多小時了。

跳到累了的時候已經一點二十分。這漫漫長夜實在是太無聊，我想了想，終於想到拿起手機打給簡良智，只有他被吵醒不會有怨言。

於是，才不管他是不是醒著，電話一接通我便逕自說起在小小咖啡屋與宇的邂逅，還提到了宇他覺得我很色情的這件事情。

「我眞的超級窘的，原本想說多年後的巧遇重逢可以來個鹹魚大翻身，擺脫當年歐小胖的萬惡之名，沒想到宇他竟然說我看他的眼神很色情耶！你說說，我有嗎？我眞的有嗎？」

電話那頭先是傳來一聲無奈的嘆氣，簡良智才開口，「小姐，妳知道現在幾點嗎？」

我瞄了瞄牆上的掛鐘，「喔，已經快要兩點了耶，我剛剛講了這麼久嗎？」

「所以妳打給我的意思是？」

「我就失眠嘛。」

這傢伙，如果不是因爲失眠，現在這個時候我怎麼還會這麼清醒地跟他說話啊！

他則是懶得理我，「喔。」

「什麼喔，人家失眠怎麼辦？」

「兩罐台灣啤酒咕嚕咕嚕灌下去就很好睡啦。」

是眞的嗎？不會是隨便敷衍我吧？

我想了想，「眞是抱歉喔，我家只有低脂優略乳和無糖烏龍茶，沒有台灣啤酒這種東西。」

「喔……」

這聲「喔」的意思表示他終於醒了。我聽到電話那邊一陣騷動，應該是他從床上爬了起來，開始認眞要跟我促膝長談了吧。

「妳幹麼不直接和張駿宇相認就好了？省得每次你們有什麼芝麻綠豆大的小進展就要半夜把我吵起來跟我報告！」

「哼，過了這麼多年了你依舊還是『一點良知都沒有的簡良智』，你以爲我就沒有想過和宇相認然後告白嗎？只是……」

「長得這副德性，又肥得要命，妳到底憑什麼喜歡他？我們全班還有全年級的人都在恥笑妳，說妳利用自己弟弟和駿宇是好友的關係，很不要臉的想盡辦法靠近他。」

「如果今天妳不是歐詩蔚這個身分，沒有鈞蔚這個就讀數理資優班的出色弟弟，妳想，駿宇他還會理妳嗎？」

「照照鏡子吧妳，醜八怪！哈哈！」

稍稍閉上眼睛，封閉已久的霸凌與指責記憶便歷歷在目。

要說廖思涵鍾婷婷那群公主幫對我完全沒有造成傷害其實是騙人的，只是，在我變得漂亮又自信之後，大家都以爲我已經痊癒，卻不曉得那些陰影與卑微的可悲過去都是怎麼也揮之不去的夢魘……

「唉呀，你不懂啦。」

說到這裡，我開始有些惱了，自己在電話這邊捏著當年耶誕節宇和我交換禮物的紅鼻子麋鹿娃娃。「你怎麼會懂暗戀一個人的心情有多麼曲折。」

「最好我現在還是『一點良知都沒有的簡良智』，最好我什麼都不懂啦。」他頗不平地在電話那邊碎碎唸起來。

「是誰在妳背後猛踹妳的肥屁股督促妳減肥的？是誰帶著妳去百貨公司買化妝品學

化妝，買內衣內褲，把那個害人家眼睛生病的阿嬤內褲淘汰掉的？又是誰在妳交男朋友時教導妳應該如何駕馭男人？還要我繼續說下去嗎？」

「喔！」這次換我唉唉叫了，「那個阿嬤內褲已經是幾百年前的事了你還說！」

「妳都不曉得我有多麼純情好嗎？那是我生平第一次親眼看見少女的內褲耶！」他叫得比我更大聲，「怎麼都沒想到少女的內褲竟然跟阿嬤的沒兩樣，妳知不知道我當時受了多大驚嚇和多大打擊啊，我還一直想：怎麼會這樣？難道全天下的少女都穿這樣的內褲嗎？就連廖思涵那種正妹的裙底之下也是那種阿嬤內褲嗎……」

「呃，真是抱歉這麼晚了還打擾『您』，在這裡祝『您』有個好夢，晚安。」

就這樣，唯恐簡良智還要繼續發展阿嬤內褲這個往事不堪回首的話題，我只能匆匆結束通話。

關上燈，躲進棉被，直到天明，我的夢裡都被阿嬤內褲這個畫面滿滿佔據。

隔天清晨出門上班前，媽媽交代了要我順便把垃圾集中到門口。我在門外發現了不知道哪來的台灣啤酒空酒罐，真巧，昨天簡良智還說失眠喝這個就好呢。

我的思緒一轉，是簡良智來過了嗎？

而後，我便自己否決了這個可能性，他離我們家超遠的，怎麼可能大半夜跑來。

沒想太多，我開車出來，媽媽正好和隔壁鄰居阿姨話家常。聽說最近治安不太好耶，昨天三更半夜還看到歐太太你們家門前有個奇怪的可疑男子在徘徊。

「唉呀，眞的假的啊，」媽媽一個轉頭，剛好看見搖下車窗的我，「詩蔚啊，妳下班後就別到處亂晃了，早點回家知道嗎？」

「喔。」

隔壁阿姨跟著望了一眼我，語重心長地發表她天外飛來一筆的想法，「當媽媽眞的很愛操心喔，女兒以前長得醜的時候，要擔心她嫁不出去，怕要倒貼嫁妝才嫁得了。現在女兒長大變漂亮了，又得要擔心她的安危。」

趕緊搖上車窗，我立即翻了個大白眼。

超無言。

因爲昨天失眠的緣故，後來上床睡著了也是在夢裡被阿嬤內褲追著跑，想當然爾我的精神非常不濟。好不容易熬到了放飯時間，我終於又像活過來般暫時甦醒，開開心心跑到樓下便利商店買咖啡喝。

坐在露天座位上，我一人獨享這冬日限量的溫煦陽光，隨風撲鼻而來的是Espresso的濃郁氣息，彷彿瀰漫整座城市般，迷人芬芳的咖啡果然能夠讓我萎靡的精神爲之大大一振。今天也要努力工作喔！復活過來的我漾出神采飛揚的幸福笑容。

這般如此，腦袋終於開工，靈活的思緒轉呀轉的，細細琢磨今天的工作進度以及下午該要去哪裡做民調，一邊剝著剛剛咖啡結帳時順手買來的健達奇趣蛋的蛋殼，啊，好久沒有吃這種東西了。

「嗨，妳也喜歡吃這個啊？」

誰？是誰在說話？

我被突然出現眼前的宇嚇了好大一跳，原本要塞進嘴巴的巧克力偏了些角度，霎時抹在我嘴角邊。

我這笨拙的樣子看起來應該很蠢吧，尤其在我被他認爲很親切而且色情之後……

我當場羞愧的無地自容。

「現在是健達奇趣蛋，改版之後就沒有那種捏破蛋殼的樂趣了喔？」宇一邊說，一邊很自然地伸手幫我擦拭掉我嘴角邊的巧克力痕跡。

而我下意識地退卻了。

我也不知道爲什麼。

「啊，抱歉，」見到我退縮的反應，他伸回落空的手，半晌才會過意來，「我好像不應該這樣的。」

「不，是我自己的關係，不好意思喔！」

爲了平息這樣的尷尬，我隨意扯了個話題，「上次你說你在國外念過書的，所以習慣了西方文化，思想觀念也比較開放吧？」

「也不全是這樣啦，」他想了想，若有所思地解釋道，「妳剛剛嘴角沾到巧克力的樣子，好像……」

他表達的語句並不完整，說到最後無疾而終地打住，頗爲懊惱的模樣。

好像什麼呢？

宇，是不是你也和我一樣，想起了從前的我們？

「沒事啦。」沒多久，他又恢復了笑容，很帥氣地甩甩頭，像要把過往的記憶都拋離現實之外。

「可能因爲這個健達奇趣蛋讓我想起以前認識的一個女生，她也愛吃巧克力，吃到嘴角都沾到了還不知道呢。」他邊說，一邊像是陷入了回憶。

宇，你說的是我嗎？望著他，我欲言又止的。

我可以告訴你我就是當年的歐胖蔚嗎？

「想不到妳這個死胖子也有這麼深情的一面耶。」

「我聽得都要落淚了，如果有個胖子這麼迷戀我，還妄想跟我告白，我一定超想死的啦，很噁耶！」

廖思涵鍾婷婷的輕蔑語調言猶在耳，我反覆思考，反覆地深呼吸，想鼓起莫大勇氣，就趁現在告訴他其實我就是當年的……

「Ethan，好巧喔，在這裡遇見你。剛剛要找你吃飯，你都沒接電話呢！」

來不及了。

Yvonne不知道從哪個方向冒了出來，明明我也在現場，她卻能非常直接地將我忽視，帶著如花朵般幾乎要把魚尾紋擠出來的燦爛笑容，用甜膩的聲音向她的Ethan——也就是宇打招呼。

宇轉身，也跟著直接忽略我了，他對Yvonne露出了無懈可擊的完美笑臉，讓她當場就融化在他的溫柔裡，「抱歉啊，可能是我剛好不在位置上。」

「沒關係，下次約你去吃一間超好吃的小火鍋喔，你喜歡吃火鍋對吧？」

「嗯，對啊。」

「喜歡吃什麼口味的啊？」

「都喜歡啊！像是……」

就這樣，Yvonne牽動著宇，邊聊著天，旁若無人地就要一起走回公司。靜默目送著他們走掉的背影，我沒來由地想到從前宇被廖思涵拉著走的那幕場景，眞是好看得讓人心酸。

走了一小段距離，宇終於想起了被遺落的我，試圖回頭來看我。而我，已經故作無視地低頭繼續啜飲著自己的咖啡了。

「Espresso涼了變得好苦啊……」

彷若我這無法言喻的心情，複雜得要命。

這刻，自卑的靈魂，誰都無法撫慰。

「嘻嘻，我都看到囉！有人在樓下便利商店外面談戀愛喔。」

下午，安淇語帶曖昧地走進我的辦公室，整個身體靠在我的電腦桌前，拿著偵探一樣的眼神開始盤問：「說！你們什麼時候進展這麼霹靂快的啊？不會是爲了要氣Yvonne那個女人才趕進度的吧？」

我有這麼無聊嗎？睨了她一眼，我不想回答，繼續忙著手邊工作。

「好，妳有權保持沉默，但是，我就不走囉，在這邊繼續監視妳的一舉一動，直到妳受不了自動吐露案情爲止！」

「妳是不是工作太輕鬆啦？我會多分配一些案子給妳做。」我將視線從電腦螢幕移到這個好奇鬼的臉上，沒多久，還是拿她那雙骨碌打轉的眼睛沒轍，主動招了，「是碰巧遇見的，而且沒說上幾句話，最後還不是被 Yvonne 拉走了！」

「什麼？這怎麼可以？」看來，這安淇比我還要義憤塡膺。

「有需要這麼激動嗎？」

「怎麼不需要？」安淇激昂地握著我的肩膀，「最毒婦人心啊，別忘了上次她在產品發表會上將了妳一軍，誰知道她下一步還會做出什麼來暗算妳，剛好那個 Ethan 看起來好像滿喜歡妳的，我覺得妳比李依芳這位大姊有勝算多了，加把勁，把他搶過來啦。」

「別亂說啦，」我邊提醒，一邊掙脫了她的瘋狂牽制。「小心隔牆有耳，被聽到我們兩個就黑掉了啦。」

「黑就黑，沒在怕的啦。」安淇倒是滿不在乎。

就在這個時候，說人人到。

Yvonne這位大姊沒敲門就擅自闖了進來，睥睨的目光不可一世，「妳們企劃組還眞閒，上班這麼多時間可以聊天啊。」

安淇首先沉不住氣，她作勢要反駁，被我早一步擋下來了。

「有什麼事嗎？」我客氣地問。

「明天總經理要找我們兩個組別開會，他要你們企劃組把近期的市調整理一下，明天要過目。」

「妳就不閒嗎？」安淇小小咕了一聲，「說那麼多，不就是來通知明天要開會嗎？還親自出馬，大駕光臨我們辦公室呢。」

Yvonne不怎麼自然地扯了個笑容反擊，「來看看你們呀！唉呀，前陣子和對面科技公司聯合研發的電動按摩眼霜忙到昏天暗地的，還被韓國的新客戶嫌棄，我們業務組啊，就沒有妳們企劃好命，上班就只要聊聊天、打打案子就好。」

說到這裡，我和安淇交換眼神。

「如果 Yvonne 姊覺得我們好命，也可以跟我一樣申請調到企劃組啊，反正我們組裡還缺一個行政小助理。」這次，不等我阻止，伶牙利嘴的安淇已經先開口了，「需要我拿履歷給妳塡一下嗎？」

「妳！」

這下，Yvonne 很戲劇化地氣到說不出話來，拍拍屁股走人。

等到她欠踹的背影完全消失在走廊盡頭，我整個大叫出來，「沒想到那個電動按摩眼霜的事情還眞的！」

「那個老女人還眞囂張耶，偷跑就算了，案子弄不好還好意思說出來炫耀，要不要臉啊她！」安淇罵完，再轉身過來，「那明天總經理要開會的事情……」

我深思過後開始布局，「安淇，妳去請 Vicky 整理近期各個年齡層的市調資料和產品需求，要她製成報表，要淺顯易懂的那種，我要妳把這個月組裡提出的行銷企劃做成簡報，然後……」

安淇飛快記下我列出的分配工作，然後，滿臉崇拜地雙手托腮仰望我。

「好帥好有魄力喔，我的 Summer 哥！」

「少來！」我白了她一眼，然後，在桌底下已經默默握緊了拳頭。

這次我不能輸！

果不其然，就如我所想的，業務組之前提出的電動按摩眼霜無法打動韓國客戶，因此，總經理這次要業務組以及企劃組各提供一個新產品的方案，如果能得到客戶的青睞，就等於獲得這季業績的亮點。

於公，我當然一點都不想輸給向來氣焰高漲的業務組，於私，我更不想輸給Yvonne那種人。

週末的時候，因爲下雨，我失了出門的興致只能宅在家裡，索性把全部的保養品化妝品攤開放在化妝檯前，拚命苦思找尋靈感。

對著明亮的鏡子，先是上了底妝，再隨性刷點睫毛膏，突然想到Yvonne總是愛戴誇張濃密型的假睫毛突顯自己的眼睛，於是我翻了翻自己收集假睫毛的紙盒，把植村秀那款賣得最好的假睫毛拿出來，沾了點膠，直接戴上。

「Ethan，好巧喔，在這裡遇見你，剛剛要找你吃飯，你都沒接電話呢！」

「抱歉啊，可能是我剛好不在位置上。」

「沒關係，下次約你去吃一間超好吃的小火鍋喔，你喜歡吃火鍋對吧？」

然後，又想起前幾天她挽起宇的手臂一同離開我面前的那幕場景。

心，沒有來由地痛。

我轉身，對著紅鼻子麋鹿傻傻地問：「你喜歡那種濃妝豔抹型的女生嗎？是嗎？」牠被我問得莫名奇妙的，只拿無辜的眼眸回望我。

宇，你喜歡的人是 Yvonne 嗎……

「幹麼化妝化得這麼濃，妳是缺錢，晚上要去兼差喔？」

我都沒有察覺到簡良智什麼時候來的，他倚在房間門口，一開口說話我就被嚇得差點從化妝檯前跌下來。

這傢伙也太神出鬼沒了吧？好像隨時都會從我家廚房的壁櫥打開門跑出來，或者從天花板滲透進來，又或者從廁所的馬桶冒出一顆頭來跟我說聲「嗨」。

「幹麼嚇人啦！」

我轉過頭去看他，他卻反被我化妝化得亂七八糟的臉龐嚇得驚聲尖叫。

「叫什麼叫，兼你的頭啦！」我一個順手，從化妝檯上抓了衛生紙往他身上扔。

「喂，是歐媽說她今天包了很多餃子要我來吃的耶，我看她愛我的程度簡直不輸歐爸。有一次她還差點要打一份妳家大門的備份鑰匙送我呢。」

我煩都煩死了，根本無暇理會胳臂向外彎的媽媽和這沒事就會出沒在我家的簡良智。現在的我一點靈感都沒有，而且，還對 Yvonne 那個女人和宇之間互動在意得要命，不知道他們兩個單獨出去約會過了沒有，宇這麼天真爛漫又單純，會不會就這樣被 Yvonne 給生吞活剝了？還是他其實很願意被 Yvonne 生吞活剝啊？

想到這裡，我已經意志低落地癱在床上打滾了。

唉唷，我不想輸，我不能輸！

我要贏！

我真的超想贏的！

簡良智雙手環胸，一副看好戲的樣子，「妳現在是怎樣？」

我不甘願地坐起來，滿臉哀怨地瞅著他，想向他討救兵。還沒開口，就已經被他伸手把我的臉硬生生推開了。「喔，不要這樣看我，那妝……讓人超不舒服的，看久了我怕我晚上會做惡夢呢！」

我登時靈機一動！

男人不喜歡女人濃妝豔抹，又不能接受女人不化妝出門，簡良智就是擺在眼前最經典的案例了，每次出門，我一素顏他就會毒舌地問我是不是最近哪裡身體不舒服，怎麼皮膚黯沉成這副德性，一旦本小姐開心畫了個粗眼線刷濃睫毛，他又一臉不舒服地問我是不是晚上要去夜總會打工。

這樣的話，是不是應該往心機彩妝的方向下手？

雖然市場上已經不少標榜裸妝效果的粉底產品，但是極少有品牌推出整套的彩粧品可以化了妝但又像沒化妝那樣自然美，輕鬆達到男人對女人的完美苛求。

越想越覺得可行，於是我把腦筋動到簡良智身上，把他拉到我的化妝檯前坐好，先是幫大爺他遞茶水，再幫大爺他搥搥肩膀、捏捏腿的。

簡良智也不是笨蛋，等到我服務告一段落，他開門見山地抬眼問我，「好啦，這樣奉承我是有什麼目的？」

而我也就毫不囉嗦地直接切入正題，「那麼，依您高標準的專業眼光，認爲女生要化怎麼樣的妝容才不會讓您半夜做惡夢，並且達到賞心悅目的視覺效果呢？」

「這個嘛……」簡良智還眞的陷入深思，他想了想，也很認眞試了幾支化妝檯上的唇膏，最後選定了櫻花色，「這個顏色就滿可愛的。」

算他有眼光，這隻櫻花色唇膏可是限定版的喔！但是我就刻意挑剔，表現出根本不相信他眼光的樣子。「這哪會可愛啊？」

爲了證明自己的眼光，他竟然想都沒有多想，就對著鏡子往自己的嘴唇抹了兩下，還很矯作地對著鏡中的自己做出飛吻的動作，一邊解釋起來，「這個顏色再深一點就俗氣了，很像在裝可愛，淺一點嘛，又像生病一樣沒有血色，no good。」

瞧他說得頭頭是道，儼然自己就是彩妝大師，我憋住笑，趕緊記下他的論點，其實也是有幾分道理就是了。

「那請問睫毛的部份呢？怎樣的濃度和長度是在您可以接受的範圍之內？」我手抓著粉底瓶假裝成麥克風，扮演起記者的角色訪問這位彩妝大師。

「我看看喔……」簡良智還眞的瞇起了左眼，用右眼比對，這樣折騰下來，他那張原本素淨的臉龐已經被塗塗抹抹化了半臉的糟糕模樣，我看著，突然……

突然，有種很感動的感覺。

簡良智這傢伙，雖然總是嘴壞，總是說些很機車很討厭的話來煩我，但是，又總是在我需要他的時候義無反顧伸出援手，兩肋插刀。

他轉過來，看見我莫名感動的欲泣眼眸，「我知道我很帥，凡人都抵擋不了我的魅力，但是也不需要這麼深情看著我吧？我會害羞耶。」

我忍不住翻了個大白眼，方才那些油然而生的感動已經被他這番話毀滅得一乾二淨了。

「姊姊瞧瞧，這麼漂亮的臉蛋眞的很適合反串耶，怎麼樣？晚上要不要去兼差？」

「兼妳媽個頭啦！」簡良智甩掉我在他臉上又揉又捏的騷擾，抵死不從地反抗亂叫。

然後，媽媽從樓下揚聲，「誰叫我啊？」

這幾天上班都覺得好疲勞，面對 Yvonne 的毒舌攻擊，我必須不動聲色地反唇相譏。另一方面，還得儲存體力加班蒐集資料打企劃案。

平常鮮少加班的安淇撐到七點半過後就宣告投降，直嚷著肚子餓要回家吃飯。我則獨自看完粉底的測試報告，確定沒有過敏成分才安心。晚上八點四十分，我繼續檢查

Vicky下班前丟來的那份提案。

直到熄燈離開辦公室，看看手錶，已經快要九點半了。

走到電梯前，從包包摸出一條健達巧克力，都忘記是什麼時候買的了，剛好還沒吃晚餐，啃完這條也不至於會太胖吧？

按了電鈴，心想著這個時段應該沒有別人，於是我放鬆地大肆啃咬巧克力，滿足享受著香甜巧克力在舌尖融化的幸福感，還情不自禁發出「嗯」的讚嘆聲音，這一刻，我彷彿置身於天堂般美好呀。

當我還逕自沉浸在自己的小世界，快關上的電梯門突然被擋了下來。我根本來不及擦嘴，只能眼睜睜嘴巴開開地望向來者。

是宇，顯然他也很意外是我的樣子。

愣了幾秒，是我先反應過來的。我趕緊伸手猛擦嘴，他則笑了出來。

喔，我好窘，眞的超窘的。

轉過頭去，我無語問蒼天，想要翻牆逃避這發窘的超糗場面。無奈這是在電梯裡面，身處這個狹窄封閉的小空間內，就算想裝沒事，也超級無敵霹靂尷尬的。

「妳眞的好可愛喔。」

「不過，這就是妳可愛的地方喔。」怔忡之間，像觸動了內心的什麼，我微微顫抖著，好像回到十七歲的那個自己，因爲宇一句眞摯的稱讚，就可以開心得就算明天世界末日了也毫無懼畏。

「上次是在咖啡屋裡正氣凜然地仗義執言，現在又是在電梯裡吃巧克力吃得滿嘴都是，樣子像個小朋友似的。每次看妳，都會發現不同的面貌，好有趣。」

有趣？這是褒獎的意思嗎？算了，應該比上次他說我色情好一些吧。

我還杵在原地，宇已經伸手過來要幫我擦掉沾在嘴角的巧克力。那指尖溫柔撫過的觸感竟然如昔日般熟悉。突然，他冷不防地跳開，我也受驚地跟著倒退一步，「Sorry，我忘了，不該太靠近妳的。」

「沒……沒關係。」宇，你儘管來吧，可知道，我這些日子是怎麼被受思念的煎熬，日日夜夜企盼著你的歸來？

我真的很想大發花痴地這麼對他說道。

只是，睜開眼睛，眼看著他特別謹慎地要與我保持禮貌的合宜距離，彷彿我是需要隔離的病毒，心裡頓時好落寞。

我們之間也回不去了嗎？

大概察覺了我的默不作聲，宇良善的天性使然，試圖化解這樣無言的場面，開口閒聊，「妳今天加班加得好晚喔。」

「嗯，因為要和業務組比畫，需要籌備一個企劃案，誰能獲得韓國客戶讚賞誰就贏。」我沮喪地將前額頂著電梯牆面，「我不想輸，我要贏。」

「很棒的企圖心呢。」

「你也是啊，如果沒有很棒的企圖心，也不會加班到現在吧。」

「家常便飯啦，平常都是這個時間下班的。」

就這樣，我們有一句沒一句地聊著工作，我才發現，原來他和 Yvonne 上次聯誼後就一直持續保持密切的聯絡。聽到這裡，明明是意料之中的事情，也知道我其實沒有資格可以生氣，卻還是莫名其妙地哀怨起來，而且還在心裡偷偷埋怨起宇的好色和他看女生的眼光是不是真的有問題。

難道你眞的喜歡 Yvonne 那種濃妝豔抹型的成熟女人嗎？

離開電梯之前，數度很想揪著宇的襯衫領子這麼逼問，但我不知道我憑什麼。

我鬱鬱不振的模樣太過明顯了，連有氣無力走出辦公大樓的步履都變得有些蹣跚。拖著我的包包和高跟鞋，連一聲再見都不想回頭說。這個時候，宇從背後追了上來。

「Summer 蔚，加油！」

「啊？」我狐疑地轉身。幫你女人的敵人加油，這樣對嗎？

本來還懷抱著疑問的，卻在轉身時望見那雙會笑的眼睛瞅著我，燦亮亮的，是那麼純淨眞誠，我不由得盈盈笑了。

「等妳忙完再一起吃個飯吧？」

我還沒有會意過來，以爲他說的是現在，瞄了手錶一眼。九點四十分，因爲時間有點晚了，吃東西的話，明天鐵定肥慘了！

我翻轉的思緒忍不住開始幻想，想像自己爆肥到高中時期那副模樣走進現在的公司，合身剪裁的洋裝卻怎麼都掩飾不了腰間幾乎要炸開的贅肉，每個人都竊竊私語，帶著譏笑的不善眼神打量著我。

眞是太可怕了！

「哈囉！」他在我面前晃晃手，要我回神。「妳是不是太累啦？」

我從方才慘不忍睹的幻想中重返現實，「如果和我吃飯，Yvonne 應該會不高興吧？」

「嗯？爲什麼啊？」他好傻好天眞地這麼問。

「你們看起來很要好。」我小心翼翼地措辭，深怕自己洩漏了心底那些沒有來由的在意。

他則沒所謂地聳肩笑了，「因爲我剛回國，沒什麼朋友嘛。」

所以，你們之間只是單純的朋友關係嗎？

「哇，眞的很晚了耶，」他看看門口的大掛鐘，聊著聊著，都要十點了，「妳一個女生回家要小心點喔，拜拜。」

「好，拜拜。」不愧是我的小天使宇。然後我又想到什麼般地再度確認，「改天你眞的會找我一起吃飯嗎？」

如果是眞的，那我會好期待好期待那天的到來。

「嗯，對呀。」他點點頭，表情幾分認眞，不像是因爲客套隨口說出的，「那我們來約定吧，如果妳贏了，我就請妳吃飯。」

因爲充滿期待，我的眼睛瞬間亮了起來。「那如果我輸了呢？」

見我終於打起精神，他特地勉勵，「那也還是請妳吃飯，當作安慰獎，如何？」

「喔耶！」我開心得跳起來抱住他，宇則被我突如其來的誇張舉動嚇得倒退一步。

我被他從身上給抖了下來，但是心還是平靜不下來地歡天喜地著，「宇眞是我的小天使呀！」

「嗯？妳叫我什麼？」

啊，不妙，差點露陷了。

我趕緊笑咪咪地改口，「我說，『你』眞是我的小天使呀。」

他聽了，跟著笑了。「好啦，時間眞的不早了，快回家吧。」

「好的，拜。」

目送他那樣俊逸帥氣的背影逐漸消失在街角，我原本即將殆盡的青春與愛情又因爲有了宇的溫柔滋潤再度復活。喔，改天我們要一起吃飯耶！然後，再過幾天的改天，我們就會去看電影踏青了，再過個幾星期的改天，我們已經攜手甜蜜約會，在夕陽西下的浪漫海邊踏著浪擁吻……

想到這裡，我雀躍地在空淸無人的街口扭臀狂舞起來。不好意思啊，少女時代，

妳們的主打歌就先借我用一下囉，「I Got A Boy 멋진（帥氣），I Got A Boy 착한（善良）！」

第七章——在你的眼眸裡

「喂，宇他主動約我耶！」

當晚，我還是難以抑止雀躍的少女情懷，忍不住打了電話給簡良智。

沒想到這傢伙不但沒有為我這個姊妹淘開心，反而還很機車地模仿我說話的語調，「喂，張駿宇他主動約我耶！」

「現在是怎樣……」我才準備發火，房間門外響起一陣敲門聲。我趕忙開門，結果站在門外的是我家歐羅肥歐鈞蔚。

「幹麼？」我左手扠腰恰北北地質問，右手還握著手機，保持和簡良智的通話。

「姊，張駿宇和我聯絡上了耶，他還向我問起妳。」

後來我才弄清楚，宇透過幾個朋友，終於聯絡上簡良智和我家歐羅肥，聽說他們還興致勃勃約了週末要到小小咖啡屋去敘舊呢！

「你們有沒有這麼要好啊？都幾百年沒聯絡了怎麼現在突然才要聯絡啦！」

我對著手機向簡良智求救，一改剛剛還很囂張的態度，謙卑恭維地請求他千萬不能說出我和他還有聯絡的消息。

「妳傻啦，眞要問，就算我不說，張駿宇也會向歐鈞蔚問起好嗎？」

「你儘管把你嘴巴的拉鍊拉上就好，歐羅肥這邊我自然有辦法要他閉嘴，」

然後，也不管簡良智接著說了什麼，我的手拳頭緊握，目光燃起了兩團相當堅定的火燄，自言自語地發起狠來，「要是歐羅肥那傢伙敢亂說的話我就……」

很快的，就到了週末。

看似平靜的早晨，卻醞釀著一股詭譎氛圍。歐羅肥起個大早，哼著歌就要出門赴約他們SP的聚會，我則早就身穿偵探大衣外加墨鏡，手上還拿著攤開的大報紙當作掩護，探頭探腦地尾隨在後，卻沒有注意到……

「女兒啊，妳怎麼蹲在門口看報紙？要蹲去廁所蹲吧？女孩子家蹲這樣很難看耶。」因爲太專注歐羅肥的行蹤了，沒注意到爸爸正用奇怪的眼神看我。

「哎啊，很難看你就先不要看嘛！」我敷衍道。再回頭，歐羅肥已經不見人影了。

這樣不行，我得趕緊先殺到小小咖啡屋去！

就這樣，我緊迫盯視著這睽違已久的SP三人聚會，虎視眈眈地在後面鄰近座位偷偷竊聽著。當然了，我還躲在挖了兩個小洞的攤開大報紙後面，一副自己完全沒在竊聽的樣子。

從報紙的小洞看出去，宇還是如昔地坐在從前那個靠窗的位置，冬日陽光透過落地窗溫柔地灑在他身上。聊起了以往的趣事，一抹迷死人不償命的微笑滑過那樣誘人的唇邊。他悠哉地舉起咖啡杯輕啜一口，此時，我眞希望自己是那只咖啡杯中的香醇拿鐵。

「對了，你姊最近好嗎？」

「能不好嗎她？」說到這個，鈞蔚整個就要發起牢騷，「囂張得要命你不知道，減肥成……」

「啊？」簡良智突然大叫一聲，阻止了白目歐羅肥的話，「歐鈞蔚你叫我幹麼？」

他們很熱絡地閒聊，說到我的時候，這歐羅肥差點因爲積怨已久，想都沒想就要脫口說出我減肥成功的事情了，卻被簡良智巧妙打斷。眞不愧是我的超級麻吉加知心姊妹淘啊，我在這邊投以感激的眼神，雖然他看不見。

「我哪有叫你，我說減……」

白目歐羅肥還狀況外。明明前晚我特別耳提面命，要他不准對宇洩露我的半點消息，像是我的手機號碼、FB等等的，說我因爲工作的關係長年居住在國外就好了，這傢伙居然給我當耳邊風？看來，有人接下來整個星期上班都只能自己去巷口搭公車了！

「你明明就在叫我名字簡……」

最後，歐羅肥鬥不過簡良智，只能扁著嘴小聲碎碎唸，「我又不是說簡良智的簡，我是說減肥的減啦，奇怪耶你……」

直到這場聚會尾聲，歐羅肥始終沒有再逮到機會胡說。散會離席之前，宇接起手機，退到旁邊講起私人電話，簡良智和歐羅肥跟著站起身來要去結帳。

抓準時間，爲了不讓宇察覺，我立刻離席走到店外打算離開，卻不料腳下被礙事的鞋帶給絆了一下。可惡耶，就是想要行動方便才選擇穿運動鞋的，怎麼就這時候給我洩氣啊。我隨即蹲下來綁鞋帶，站起身後，不經意往宇方才坐著的位置瞥去。

就像是從前那樣，宇他就這樣闖進了我慌亂的視線，也或許是我兀自走進了他眺向窗外的熙攘街景，總而言之，這一秒，我們的目光是交集的。

我們心有所感地如此凝視著彼此，時間在無聲之中慢慢流逝。對我而言，時鐘的秒針就像是凍結靜止般，無法規律運轉，這樣戛然而止的場景慢到像是用一張張畫紙轉換著的。

「姊，妳在這裡幹麼？」直到歐羅肥遠遠望見我，從門口探頭出來，我這才回神。

就怕會被宇看到，我向簡良智有默契地使了個眼色，他從背後將歐羅肥還大肆嚷嚷的嘴巴捂住，強行往後拖。

簡良智一邊往店裡喊道，「喂，張駿宇，歐鈞蔚說他肚子痛想要趕快回家蹲馬桶，我先開車載他回去，下次見啊！」

「喂，可是我還沒問到歐詩蔚的聯絡方式……」

宇還沒有反應過來的樣子，等他追出小小咖啡屋的門口，早就不見簡良智和歐羅肥的身影，明亮的眼睛再次與我眼眸交會。

宇，你會不會覺得這個場景有些熟悉？

我對他良善地微微笑。「又碰面了，好巧。」

他則朝我點點頭，那雙會笑的眼睛一直是我最愛的。

「妳念這所高中嗎？」他指著對面高中直聳的大門問。

我立刻撇清，「不，我住這附近，剛好路過而已。」

「這樣啊。」他安靜了兩秒，突然想到什麼般地提議邀約。「我念這所高中，要陪我回去看看嗎？」

我盈盈地笑了，「好啊。」

宇他不知道，在他離開之後，我還是常常回到這裡，到以前念過的高中走走，趁著假日沒有學生上課時，去看看宇從前高三的教室，坐在他坐過的座位上對著講台黑板發呆，去看看已經建好的嶄新校舍後面，原來荒涼的空地已經植滿了如茵的綠草，還有，總會下起花瓣雨的那棵老欒樹啊……

「啊，好懷念喔，回來之後都還沒有機會過來看看呢！」

進入校園，宇就像個孩子般雀躍，興奮地與我分享著他班級的教室，和簡良智歐羅肥一起練舞的熱舞社社團教室、曾經投進三分球的那個籃框。望著這樣叨叨說著的宇，好想知道，在他的回憶裡，有沒有個歐小胖存在呢？

走著走著，我們橫跨了大半個校園，終於來到校舍後面那塊空地，那是我們一起啃著小不啦嘰巧克力麵包邊談心的祕密基地，也是原本我打算在畢業典禮那天告白的地方啊。

「這裡已經變成這樣啦……」

「怎麼了嗎？」我故意問。

只是他都沒有再說話了。

曾幾何時，這老欒樹當初見證宇與我友好的璀璨花簇已經不再，取而代之的則是接近冬季的低調枯寂，徒留搖搖欲墜的殘敗花絮。風起，吹落了這個季節綻開的最後花朵，宇伸出了手，就如同十七歲時那樣，想要接住飄零散落的花瓣雨。

這風吹得欒樹沙沙作響，也吹亂了宇他前額略長的劉海，因此我並不能準確讀出他此刻的靜默心情。

最後，他還是沒有提起過十七歲的歐胖蔚。

那天SP的聚會之後，簡良智對我說起，宇和昔日高三的同學幾乎都聯絡上了。

關於這點，我沒有絲毫意外，只是……

「張駿宇他沒有和妳聯絡嗎？」

「有啊。」我悶悶的，「我還不時在他們辦公室門口晃一晃，假裝巧遇耶。」

「妳知道我指的不是這個。」簡良智的問句直接了當，也是我心底最在意卻一直視而不見的，「他有沒有試圖和當年的歐小胖聯絡嗎？」

嚴格說來，其實也不算是沒有。

但說眞的，我就是莫名地沮喪。

雖然那天回家之後我再度狠狠警告歐羅肥，不過，除了那天他們在小小咖啡屋的聚會上提及兩句，以及宇再次突然想起般問到我過得如何，除此之外，宇就沒有繼續私下打探我的消息了。

我沒有來由地聯想起那天，他凝視新建校舍後的空地那不發一語的深思表情，或許他想的並不是我，會不會是高中畢業典禮那天，後來廖思涵等到了要去赴約的宇，對他亂說了什麼？她告訴宇我暗戀他的事情了嗎？會不會是讓宇覺得被當年的歐胖蔚喜歡很噁心，所以回來之後才不跟我聯絡的？

都已經這麼久了，我卻還是忍不住在意。

眞的好在意。

「哈囉，妳又在發呆嗎？」直到宇驀地出現在我眼前我才回神過來，而且還嚇了好大一跳。

他什麼時候走來這露天咖啡座的啊？我怎麼沒察覺到？

像是能夠讀心一樣，他笑笑地秀出手中剛買的咖啡，「辦公室樓下有便利商店眞好，只要上班一打瞌睡，就趕快下來買杯咖啡提振精神。」

原來是這樣啊，我點點頭。

「妳剛剛在想什麼啊？」他在我身邊拉了個椅子坐下。

「喔，沒有。」我心虛地將眼睛瞟向別處，免得他又覺得我很色情，「就一些工作的雜事……」

「這樣啊，」他啜飲一口咖啡，漫不經心地說出讓我心跳劇跳的一句話，「好傷心，還以為妳在想我呢！」

聽到宇歪打正著猜中我的心事，原本要咬一口麵包的，這下差點嚼斷自己的舌頭。我眞的表現得這麼明顯嗎？

見我發窘不知所措的模樣，他才終於笑開，「呵呵，妳尷尬的樣子好可愛喔。」

什麼嘛……

總是說些曖昧不清的話語，你這個狡猾的傢伙，不知道這樣會讓多少無知少女爲你傾心爲你瘋狂嗎？眞是的。

「那個……」話鋒一轉，我都還沒恢復平靜，宇又趁我毫無防備之際丟出震撼性的這句，「我想問妳這週末有空嗎？要不要一起去看電影？」

「是……約會的意思嗎？」我略微怔了怔，一不小心又把心裡所想的全供出來。

看我這麼羞澀，他也跟著靦腆起來。「算吧！」

從來沒見過緊張結巴的宇，我瞅著他，瞅得他耳根子都發紅了，我還是捨不得將自己貪婪的目光挪開。

他有些懊惱的樣子，不時伸手搔搔後腦杓，像是自言自語，又像是解釋給我聽似的，「Sorry，我不常這樣的，只是覺得對妳有很熟悉的親切感，明明沒有認識多久，又好像已經很聊得來了我才……」

這樣的宇也太萌了吧！我忍不住嚥了嚥口水，好想咬他一口。

「這眞的不是把妹慣用的招數喔，是因爲，因爲……」說著說著，他語塞地頓住，那雙會笑的眼睛充滿迷網，也不知道自己的困惑到底爲何。

因爲我讓你想起了當年的歐小胖嗎？

抱歉，宇，讓你如此費心猜疑，我卻沒有辦法鼓起勇氣告訴你原因。

「好。」於是我開口，算是替他解圍，事實上也是爲我自己解套。

宇還有些反應不過來的樣子，傻愣愣地看我。

「我說『好』，我們去看電影吧。」

我笑笑的，宇已經因爲我的鬆口答應歡天喜地地笑了出來，而我的心裡卻開始莫名地悄悄泛酸。宇，是不是因爲現在的我是漂亮的，你才會採取主動邀約的攻勢呢？如果現在坐在這裡的，是當年的歐胖蔚，你還會鼓起勇氣這樣做嗎？

會嗎？我想知道答案。

還沒有決定週末要看哪部電影，宇就說他收到了舊友的喜帖。我說沒關係，再約別的時間也可以，他則是有點抱歉。

「不如一起參加我朋友的婚宴吧？」幾經思量，他如是說。

我則展開笑顏，毫不考慮就答應了，「好啊。」

「嘖嘖，難約出名的 Summer 蔚竟然要被揪去吃喜酒耶！」這一幕被正巧經過的安淇撞見，我才回到辦公室，甫一坐下，這傢伙便立即圍了過來探聽消息。

我故作面無表情，「很奇怪嗎？」

「很奇怪嗎？」安淇有模有樣地學著我的腔調說話，然後再一人分飾兩角地演回答自己，「當然很奇怪啊，一來，不愛參加這種熱鬧場合的 Summer 蔚竟然點頭答應要陪吃喜酒。二來，這 Ethan 開口邀約的，竟然不是黏在他屁股後面每天問他午餐要吃火鍋、排骨便當還是日式料理的 Yvonne，而是約妳耶，妳看……」

「看哪裡？」我打斷她無聊的臆測。

「看我這裡啦，」這安淇都被我截斷思緒了還能繞回原來的話題，我怎麼都不知道她的邏輯跟記憶能力這麼好啊，「妳看，這是不是代表 Yvonne 和妳在 Ethan 心中已經有輕重之分？」

我若有所思，「是這樣嗎？」

「那當然。」安淇的語氣相當激昂，她手緊握拳頭，「把 Ethan 還有和業務組比畫的企劃案都一起毫不手軟地搶過來吧！」

我終於被她煽動成功了，「一定！」

不是沒有想過會有再遇到廖思涵和鍾婷婷的一天，只是沒有想到，這冤家路窄的場景竟然會是在婚宴會場上。

答應宇陪同他參加婚宴的前一天晚上，我和簡良智通電話，很巧地說到隔天我們都要去參加婚宴，也是直到這個時候，我們才遲鈍地發現：原來我們要參加的竟然是同一場婚宴，而且是鍾婷婷的婚宴。

說眞的，我其實很擔心，就怕自己的眞實身分被其他出席的高中同學識破，倒是這簡良智根本沒在怕，「妳減肥成功後，妳媽有時候都還適應不過來，以爲家裡多了個陌生人，還會被嚇到尖叫。妳爸更誇張，從國外出差回來看到妳，不是還以爲妳是小偷，拿著掃把就要把妳從家裡客廳趕出來嗎？」

「是沒錯啦，我都發愁得要命了，幹麼還拿這段糗事重提啊。」我擔心到眉毛都要糾結了，這傢伙居然還有心情說笑。哼，果然人如其名，是一點良知都沒有的簡良智！

「妳爸媽都認不出來了，更遑論是這麼多年不見的高中同學，安啦。」

這麼說來好像也有幾分道理喔？

「只是，妳要和歐鈞蔚串通好，不要讓他說溜嘴，知道嗎？」

這下我是總算安心了。「這個倒還好，我打聽到我們家那隻歐羅肥好像是因為發胖，不敢以肥胖的身軀示人，加上當年鍾婷婷又視他為夢中情人，他當然不好現身，以免粉碎了人家當年的少女夢啊。」

「那妳就高枕無憂啦！只是，妳幹麼不直接跟張駿宇說妳是當年的歐小胖就好了，搞得自己這麼辛苦是怎樣？每次都要大費周章地欺瞞，妳不累，我都累了！」

你以為我就喜歡這樣喔？

眼見簡良智就要繼續碎碎念起來，我趕緊把耳朵摀住，刻意打了個大哈欠，「喔，突然好睏耶，晚安！」

不理電話那頭還傳來簡良智意猶未盡的叨唸，我已經先掛上電話了。

隔天，雖然是中午時分才要赴宴，但慎重起見，我還是起個了大早，連鬧鐘都還沒有響就已經匆忙起床，正襟危坐地坐在化妝檯前，把自己全部的彩粧品全攤在桌上，戰戰兢兢地開始裝扮自己，只希望在那群高中同學面前不要穿幫了才好。

梳化完畢，我站在穿衣鏡前換過一套又一套衣服，這百般慎重的心情，怎麼都難以卸下。一來是要以宇的女伴陪同出席，二來，這婚宴竟然是鍾婷婷的文定，想來想去，都覺得這眞是可笑的巧合。

稍晚，宇和簡良智約好了在婚宴會場見面。當宇為我介紹起簡良智是他的高中死黨時，我還必須非常禮貌地裝作是初次見面那樣自我介紹。

「你好，我叫夏蔚，朋友都叫我 Summer。」

結果簡良智居然很不配合地噗嗤笑了出來，「夏蔚，很特別的名字啊，妳好，我叫簡良智。」

我知道，就是一點良知都沒有的簡良智嘛。趁著宇沒看到，我對簡良智齜牙咧嘴地瞟以一個凶狠眼神。

按照桌位圖入席，簡良智還是一點都不安分，三不五時就對我投向挑釁的目光，直到宇轉身過來看我們，又變得一副道貌岸然的紳士樣，還會主動幫我遞杯子倒飲料。

所幸與我們同桌的同學全然沒有察覺到我就是當年的歐胖蔚，還不斷誇讚宇和我坐在一起眞是郎才女貌，畫面好看得不得了，然後問起我們發展的進度，問著有沒有可能明年就吃到我們的喜酒。

我也很希望啊，那乾脆等一下我們就去挑婚紗訂喜餅了好不好，宇？一個轉頭，我眞想就這樣問。

「這位阿姨啊，女方的親友桌是在隔壁喔，這裡是高中同學的位置耶。」

「我知道，我是……」

「這位阿姨，想裝年輕跟我們這群高中同學坐一起也不是這樣啊！」

我還逕自陶醉在眾人的祝福裡，這個時候，隔壁桌起了一陣騷動，我們因此轉移注意力，竟然不意望見……

那是廖思涵嗎？昔日削瘦漂亮的深邃輪廓已經不復存在，肥滿平鋪的五官因爲素顏的緣故顯得更加糟糕了，當然，這還不是最壞的，當我們的視線繼續往下走，來到她的脖子以下，突然撞見這麼雄壯結實的身段，眞的有種想要尖叫「Oh, my god!」的衝動感。

天啊，眼前的這位阿姨啊，妳到底把當年的人氣正妹廖思涵給怎麼了？

我還深深陷在難以置信的情緒當中，然後才遲鈍地聯想到：據說她在大學二年級那年意外懷孕，暑假之前就休學，從此身材走樣，沒有想到是眞的！

專注看著這個昔日的敵人，而今她一點都競爭力都沒有了，還頻頻被幾個嘴壞的同學打槍反嗆，我不勝噓唏，思考了幾秒，趁著宇去接一通私人電話，最後我看不下去，霍然站起身來。

「大嬸，您別開玩笑了，您看起來至少大了我們一輪呢！」

「身材也大我們一輪！」

「你們夠了沒有啊？有人會爲了跟你們坐同桌而甘願遭受這樣的諷刺抨擊？請不要往臉上貼金了好嗎？」

簡良智見狀況不對，趕緊跟了上來，偷偷擰了我的臂膀一把當作提醒。

糟糕，因爲太生氣了，我幾乎忘了今天這個場合自己只是陪同的身分出席，我叫Summer，根本不認識這些字的高中同學們。

「不然，這位小姐妳跟我們坐一桌好了，我們這裡剛好還有空位。」簡良智陪笑著打圓場，試圖緩和現在這樣的尷尬場面。

只見廖思涵固執地站在原地，咬著牙，迸出了這句，「我是廖思涵。」

語畢，她轉身，來到我們同桌的空位，一屁股坐下，留下傻眼的眾人們議論紛紛。

「她眞的是廖思涵？」

「怎麼可能？」

「天啊，她把我心裡高中時期的女神扼殺了，還我當年的正妹廖思涵啊！」

整場婚宴下來，大家惋惜的眼光始終沒有離開過廖思涵嚴重走山崩壞的身材上。

說眞的，我覺得她很勇敢。

散場時，她特意前來向我道謝。「剛才謝謝妳幫我解圍。」

宇在旁邊聽到，用頗不解的樣子望向我，我則一副雲淡風輕的表情，說穿了，這也沒什麼，只是眞的看不下去才跳出來爲她出聲而已。

「如果不是因爲妳幫我說話，我可能眞的會被叫去角落那桌坐，駿宇，你朋友眞的很漂亮又善良。」

簡良智在旁邊沒有說話。

宇則與我相視而笑，像是認識我已久那樣，「我知道。」

步出會場，往昔公主幫那群女生紛紛搶著要和宇還有簡良智這兩位昔日的校園偶像拍照，相機一掏出來，大家再也顧不了形象地狂熱起來，直接把我和廖思涵毫不客氣地擠開，我們兩個就這樣被晾在一旁。

「我很羨慕妳。」

是廖思涵首先打破沉默的。她沒看著我，只是自顧自說著，「不要看我現在這樣，當年，我是號稱全年級公認最漂亮的正妹，身爲這樣的我，總認爲沒有男生不喜歡我的，於是，抱持著這樣的驕傲心情，我決定向駿宇告白。知道嗎？他卻正眼都沒瞧我一眼。他說只是把我當作普通朋友。

「現在，看著他的眼光總是不自覺追隨妳，雖然他嘴上說和妳只是朋友關係，但是，我想他一定很在意妳。」

「我知道。」轉向廖思涵，我望住她。

像是從我的眼眸裡看懂了什麼，她很訝異地囈語，「妳該不會是當年那個……」

「都還沒有和妳打招呼，」我淡定優雅地對她微笑，「好久不見了，廖思涵。」

宴會過後，那群食髓知味的女生們紛紛拉著宇嚷嚷要去續攤。

趁宇還沒法脫身的空檔，簡良智聽我轉述廖思涵向我表白心情的經過，他笑了，直說我眞是個壞丫頭。

「在說什麼，這麼開心？」宇終於抽身，他一走來便瞧見簡良智笑得開懷。「你們兩個才第一次見面就這麼要好，我有點吃醋喔。」

我尷尬笑了，默默往後退了一步，企圖繼續掩飾我和簡良智其實早就進化成姊妹淘的這層關係。

「等等她們要去唱歌喔，要一起嗎？」

「不，謝了，」我面有難色的婉拒，「你去吧，我可以自己回家。」

「我也不去，那群女的像餓虎撲羊，超可怕的！」

「這樣啊，那我也不去好了……」只是，宇才要回絕，他的手已經被其中一名以大方著名的女生牽著走了，「走吧，出發去好樂迪！」

「呃我……」

就這樣，我們在宇面前假裝分道揚鑣，但其實早在這之前，簡良智就說好了要陪我到百貨公司的化妝品部門晃晃找靈感。

所以我們在對街會合。

「妳眞是工作狂耶！放著和張駿宇接近的機會不可惜嗎妳？」甫一上車，簡良智就哇哇大叫，「而且剛才那群女的看起來有夠饑渴的！」

我也很無奈，「有什麼辦法，明天晨報就要呈上和業務組對打的企劃案了，大致上是完成了啦，不過我就想做最後的衝刺嘛。」

「這代表我又得去妳家報到，充當妳的私人助理了嗎？」

「Yes, my dear.」我朝他露出了迷人的笑容，但他絲毫不爲所動。

「別這樣嘛！」我故作撒嬌樣。

「Darling？」他還是沒理我。

「Honey? Sweet heart?」

我只要趕報告寫企畫，簡良智就會在旁邊幫我泡咖啡，三不五時在背後鬼叫說我哪個字寫錯了，在我打盹時狠狠我一下，不知道什麼時候開始的，已經好習慣簡良智這樣的陪伴，我無法想像如果有一天簡良智不在我身邊，那會變得怎麼樣……

「天啊，你眞的好重要喔，寶貝！」最後我很矯情地補上這句。

他這才笑了。

「詩蔚呀，妳起床了沒？」

隔天，一覺醒來竟然發現簡良智就睡在我旁邊。因為昨天熬夜到太晚，我們兩個就這樣睡著了，再看看時間，我的媽啊，都已經七點二十分了，難怪媽媽會親自來敲門！

「是不是哪裡不舒服啊？怎麼都沒出聲？」

「喔，我起床了啦！」邊揚聲，我邊站起來，不小心一腳踹在還熟睡的簡良智頭上。

他痛得醒來，「喔……」

我嚇得趕緊把他的嘴巴捂住，要是被媽媽發現我窩藏男人那還得了？

「快下樓來吃早餐啦，」媽媽叮嚀完，腳步聲逐漸轉遠，應該是走去鈞蔚的房間門口了，「這鈞蔚怎麼也還沒起床啊？鈞蔚？」

「妳怎麼在這裡啊？」簡良智睡眼惺忪還搞不清楚的樣子。

「我才想要問你怎麼還在這裡呢！」

「我昨天泡完咖啡就睡著啦！」

「你確定你泡的是咖啡不是助眠的安神湯？」我沒好氣地把他穿過的臭襪子丟還給他，然後把窗戶的隔音窗打開，「快滾吧！」

「不會吧？妳叫我從這裡？」

「嗯哼。」我點點頭，不容質疑的，「從這裡跳到院子，到車庫去等我，我先載你回家！」

「算妳還有點良心！」簡良智摸摸鼻子，無奈地走到窗邊，探出頭去測距離，再轉頭回來頗哀怨地碎唸，「也還好妳的房間是在二樓不是三樓。」

「別這樣嘛，大家兄弟一場！」

他最後睨了我一眼，「誰跟妳兄弟……」

送走了簡良智，我也根本沒時間在家悠哉地吃早餐了，梳化換裝完畢，我立刻趕到車庫再和他會合。姍姍來遲的歐羅肥歐鈞蔚才要打開車門，便被一晃而過的黑影給嚇著，叫了一聲，「簡良智？你怎麼在這裡？」

「喔，我昨天加班。」

這理由也太瞎了吧？我在歐羅肥背後擠眉弄眼外加比手畫腳，警告意味濃厚地叫他別把昨天在我房間過夜的事情說出來。

「昨天是星期日耶，你不是還去參加鍾婷婷的婚禮，你騙肖喔？」

「唉喔，就是我們昨天太開心了，續攤又續攤，續到現在，大家都說很想看到你耶，我就帶他們來這裡……」

「是這樣嗎？」歐羅肥聽聞，靈活地一閃，躲進了車庫裡，就怕被當年對他充滿幻想的女孩們看見現在這副痴肥的落魄樣。

我假裝沒事樣，甩甩手上的車鑰匙，適時開口，「喂，這麼巧，簡良智你也在啊？那我順道載你一程好了！」

語畢，就趕緊把簡良智推上車，我也一溜煙地上了車。

獨留歐羅肥還在車外，傻呼呼地說道，「他家和我們兩個的公司又不順路！這樣妳會遲到喔！」

「說得也是。」我在駕駛座上點點頭，「那歐羅肥你今天自己搭公車吧！」

「喂，姊妳怎麼這樣，誰才是妳弟啊？」

實在是不想看一個胖子在路邊裝可憐，我隨即把車窗搖上，開車揚長而去。

「算妳還有良心，看，為了陪妳熬夜打企劃，陪到我的手錶都沒電了啦！為了補償，妳要幫我把手錶拿去換電池，換好再拿回來還我。喔，都不知道現在幾點了，上班會不會遲到，哎呀，妳開車小心一點啦，現在是紅燈耶，妳居然敢闖紅燈，還要不要命啊……」

沒時間理會簡良智在後座叨絮半天，也沒時間思考為什麼陪我熬夜打企劃會陪到他的手錶沒電，總之，我已經油門踩到底，搖身一變儼然成了飆車女。

「簡良智，為什麼你不住在我家附近？」

送你回家，我上班鐵定要遲到了啦！

第八章——The best moment.

進公司前，匆匆瞄了一樓門口的掛鐘，八點二十五分，喔耶，安全抵達。

就在自己全然鬆懈下來之際，來不及閃避前方來者，說時遲那時快，我就這樣眼前一黑，整個人頓失平衡感，連手上的包包都飛了出去，包包內的小東西和資料夾散落一地。

「對不起、對不起，妳沒事吧？」

迎面擦撞我的肇事者看來也是個差點遲到的上班族，念在我們都安全抵達，我也不忍苛責。只是，得趕緊撿拾滿地的筆啊、隨身碟等等物品，免得被往來的人潮踩過了。

我彎下身體低著頭，一路從零錢包、皮夾、化妝包拾起，下一個眼見就要撿拾到簡良智沒電的手錶時，卻有人早我一秒撿起手錶，交到我的手上。

「妳的品味好中性。」

「喔，這不是……」我驀然抬眼，沒想到那人竟然是宇。

默默接過這顯然是男用運動型腕錶，我正在冒冷汗。

「女生戴這種手錶，好特別喔。」他呵呵笑了。

Yvonne不知道從哪裡冒出來的，冷不防脫口說：「不會是男人的錶吧？」

「不是這樣的，」我很尷尬地想對宇認眞解釋，卻又不知道從何說起，躊躇一會兒，「我單身。」

「那就好。」他還是呵呵笑著。

「那就好？」我有點會意不過來。

「那就表示我可以追妳吧？」

什麼，我有沒有聽錯？我聞聲，睜大了眼，這時，Yvonne的臉也扭曲變形了。

她悻悻然地陪笑道。「Ethan啊，你不知道我們Summer是出了名的難追，上次有個高富帥追她，搞到整個公司都被玫瑰花淹沒了還是無法打動美人心呢。」

「我……」

不給我澄清的機會，Yvonne字字句句都帶著不懷好意的酸意，「可能是因爲對方只是個小開而已，我們Summer還看不上眼呢！」

「不是這樣的！」我想解釋，但宇的同事已經走來，「早安，大家怎麼都聚在這裡啊？電梯來囉！」

就這樣，大家同時湧進電梯肩並肩的狹窄空間。我不住偷偷打量宇不說話的安靜側臉，怎樣都無法猜透他此刻的心緒。

他會不會眞的誤會了我是 Yvonne 口中的那種拜金女啊？

「喔，被 Yvonne 一搞，我這下黑掉，鐵定黑掉了啦。」一進辦公室，我整個自暴自棄地癱軟在自己的位置上，思緒全糊在一起，久久無法自拔。

「妳怎麼啦？那個來喔？」安淇走來，很擔心的樣子。

我重述了剛才發生的對話，沒想到她倒有獨特的見解，「所以，那個 Ethan 是眞的喜歡妳耶。」

「是這樣嗎？」

我懷抱希望看向安淇。「他不會因爲 Yvonne 的話就誤解我的爲人嗎？」

「這個嘛……」她邊思考邊搓著下巴，「應該會吧。」

我頓時軟掉，整個趴在桌上，泫然欲泣地哭訴。「許安淇，妳可不可以不要這麼誠實……」

「現在是談情說愛的時候嗎？」只見她仍然不爲所動，一本正經地說教起來，「振作點吧，這位姊姊，等一下不是馬上就要開會發表和業務組對打的企劃了嗎？」

「喔……」說得也是，可是我還鬱鬱難振地下巴黏在辦公桌上。

「起來！」

安淇看不下去，她伸手向像拎小狗小貓那樣硬把我的衣領拎起來。「振作！加油！一定要贏過業務組！」

我終於恢復元氣，火力全開，「Yvonne！我不會輸給妳的！」

三十分鐘後，在會議室裡，總經理正聚精會神地聽著業務組要和我們企劃組對打的報告。

Yvonne 看來胸有成竹，一副不好惹的樣子。想到早上她在宇面前亂放話，我已經在桌底下握起拳頭。這場廝殺，怎麼樣我都不許輸啊！

「因爲化妝的年齡層逐年降低，現在連國高中生都已經非常注重打扮，我們業務組主張與時下受歡迎的卡通肖像合作，開發多種顏色如調色盤的彩妝系列，以繽紛可愛的包裝吸引年輕的學生族群。」

身旁坐著的安淇轉過頭來，頗不看好地小聲碎唸。「呿，耍噱頭！」

我睨了安淇一眼，要她稍安勿躁，雖然我心裡也是這麼認爲的。

畢竟，化妝品不能單靠華麗的包裝和噱頭，一旦產品失去了新鮮感，又不如消費者預期的好用，回購率就會降低，對於長期的銷售字數必定不會有好成績。

輪到我的時候，我先向業務組微笑致意，「說實在，我非常欣賞 Yvonne 組長提出的方案。」

坐在台下的 Yvonne 聽聞，志得意滿地笑了，但以爲這就是對業務組的褒獎嗎？那麼她未免也太天眞了。

「只是，我們企劃組依據市調發現，儘管年輕族群再如何龐大，畢竟還未有獨立的經濟。評估之後，認爲她們的消費金額並不能和一般上班族女性相提並論……」

瞄了Yvonne一眼，發現她那妝感厚重的臉龐似乎有逐漸變綠的趨勢。

我因此士氣大振，「所以，我們並不譁眾取寵地以包裝刻意討好某一個年齡層，而計畫開發了一系列的強調裸妝的化妝品，主打化了妝像沒化妝那樣輕薄自然，還能擁有好氣色，男朋友們再也不會嫌棄妳化了妝像戴了面具一樣，而是看不出妳的妝感，以爲妳原本就是這麼天生麗質。」

說到這裡，我望見了總經理讚賞的眼光，對我頻頻點頭，頗感興趣地發問：「既然這系列不譁眾取寵地以包裝刻意討好某一個年齡層，那麼，請問企劃組在產品包裝以及行銷上面是怎樣的一個想法？」

「是的，報告總經理，」我按下下一頁簡報，投影布幕上立即出現這系列的概念包裝，簡單素淨而且具有質感，「這系列的包裝走的是韓系簡約路線，並不像印有卡通肖像的化妝品一樣好像小女生扮家家酒的玩具，是眞女人化妝包都應該準備的心機彩妝。」

對於我意有所指的陳述，Yvonne已經氣得頭頂冒煙了。

緘默片刻，總經理娓娓道出結論，這時，勝負已經分出來了。

「Summer，下個星期之前把這系列的化妝品行銷企劃完成，屆時，客戶會來公司一趟，由妳主持會議。」

我於是和安淇有默契地交換眼神，心裡已經偷笑到不行了。

「好的，我知道了。」

中午的時候，我迫不及待地等在宇的辦公室門口，想趕快讓他知道我的產品企劃大獲全勝。並且，會很害羞地要他實現說要請我吃飯當慶功宴的約定。

遠遠地，望見宇和那群科技男走來，我早就不顧形象地飛奔到他的面前，給了他好大的一枚笑臉，「報告，我們企劃組獲勝了！」

「眞的啊？這麼厲害。」宇也笑呵呵的，「那麼我們什麼時候辦慶功宴啊？」

「都可以啊。」

旁邊的人聽到了無不紛紛起鬨，「唉唷，談戀愛呀！」

被這樣一鬧，我和宇不約而同都漲紅了臉頰，「不是啦，別亂說！」

「那我們怎麼沒有受邀參加什麼慶功宴啊？」

「對嘛。」

「談戀愛！談戀愛！」

阻止不了這群幼稚的科技男起鬨，我們就這樣被他們齊聲嚷嚷談戀愛的喧鬧團團包圍，我紅著臉和宇對望，最後，兩個人都害羞地笑了。

這個時候，被滿滿濃情蜜意沖昏頭的我們都沒有發現，有個怨念甚深的背後靈默默地從我們這行人身邊飄過，仍沉醉在這甜滋滋的氛圍裡，這一秒，我們戀愛了。

週末時，宇履行了他的承諾，我們約在一間頗具氣氛的高檔餐廳慶功用餐。不過，與其說是慶功，我其實私心把這次吃飯當作是宇和我的第一次約會。

星期六的大清早，七點鐘一過，我立刻撥了電話把還在睡夢中的簡良智叫來，我需要他獨特的鑑賞眼光幫我看看晚上的約會該穿哪件衣服。

「什麼？晚上？那妳這麼早就把我挖起來是怎樣？」簡良智一臉哀怨地瞪著我。

我則拿著無辜的水汪汪大眼直瞅著他，「人家緊張嘛。」

「喔！」這聲低吼足以代表他妥協了。

「你們要去的是什麼類型的餐廳？」

「高級的義式餐廳，聽說氣氛不錯。」

簡良智一邊聽我敘述，手也沒有停過，翻看我懸掛在衣櫥的洋裝，一件又一件謹慎檢視，「這件怎麼樣？這個顏色很襯妳的膚色。」

他拿了一件深紫色洋裝在我眼前晃晃，然後另一隻手又抓了一件粉色系斜肩設計的合身洋裝，「這件也不錯，很能凸顯妳的身材。或是這件黑色上衣，只要再搭上窄管單寧褲和高跟鞋就很風情萬種。」

「是這樣嗎？喂，簡良智，你不去女性雜誌當編輯真的是太可惜了耶，好會搭配衣服喔你。」

我站了起來，自然而然地開始動手脫掉睡褲，想試穿他點名的那幾件洋裝和上衣。但這個舉動卻深深嚇壞站在衣櫥前的簡良智了。

「妳、妳要幹麼？女孩子家的，檢點些好嗎？」

「那你就轉過去嘛！」我把脫下來的睡褲往他身上扔，還不忘很壞心地調侃幾句，「話說回來，同樣都是女孩，爲什麼在你面前我要遮遮掩掩啊？我親愛的姊妹淘！」

「屁啦，妳說誰是女孩來著？」他直接反嗆回來。「拜託，就算我這種血氣方剛的少年，看到妳也不會對妳起反應啦！」

「眞的不會嗎？」這下我還當眞了，我半露酥胸地開始搔首弄姿起來，「這樣眞的一點都不性感嗎？那這樣呢？會不會宇也覺得我不性感啊，怎麼辦？簡良智，快點救我，要怎樣男生才會覺得我很……」

我焦慮得要命。

「他不是都說他要追妳了嗎？就算妳穿得很糟糕應該也沒差吧！」

「你很機車耶！」

「妳第一天認識我喔。」

我想了想，嗯，也是。

折騰了半天，幾乎都要將整個衣櫥都翻過來，最後決定穿粉色系的斜肩洋裝，這樣合身的剪裁讓我苦心維持的曲線展露無疑。簡良智在旁邊酸我：那妳要隨時隨地縮小腹，連呼吸都不能太大口喔。

「無聊！」我白了他一眼，卻怎麼也不敢鬆懈。

與宇共進晚餐時，我一直不太敢多吃，因為這件洋裝真的太貼身了，只要吃多一點就會胃凸。為了美，我只能節制，就連主廚推薦的主餐都只能淺嚐兩口就歇下手中的刀叉了。

「這間餐廳的菜色不好吃嗎？」後來宇忍不住問。

我很為難，如果讓他知道我是為了不讓小腹跑出來才忌口，那有多糗啊，「不是這樣的，這主餐很好吃呀，呵呵。」

我只能乾笑，硬著頭皮又應付地再多塞了兩口義大利麵。

上甜點時，當服務生送上擺盤相當精緻可愛的巧克力蛋糕，我再也隱忍不住口慾，開心地挖了兩口送進嘴裡，逕自沉醉在這美妙的滋味裡。

然後，宇脫口說：「妳好可愛喔。」

「嗯？」我，怎麼了嗎？

「剛剛看妳吃主餐的樣子，還擔心妳不喜歡這間餐廳的菜色，現在看妳吃得這麼盡興，我就放心了。知道嗎？妳吃巧克力蛋糕的樣子讓我想起以前一個朋友。」

「是嗎？」我聽聞，不怎麼自然地停住了手邊動作。

「就是上次跟妳提過，也喜歡吃健達巧克力的女生，她吃東西的樣子很童心未泯，超級可愛的，不像別的女生都會怕胖，大概是因爲她本來就不瘦的關係吧……

「以前高中的時候啊，她因爲身材的關係，常常被班上的同學取笑，也常被捉弄，即便如此，她也一副怡然自得的樣子。印象最深的就是有一次慶生趴，同學把滿滿都是奶油的生日蛋糕往她臉上砸，她竟然沒有生氣也沒有哭，只是很逞強地用快哭出來的鼻音說：這口味的蛋糕也滿好吃的嘛！

「妳說，這樣的女生是不是很令人心疼？」

這是在說當年的我嗎？

宇敘述著，我則像是變回那天那個難堪的歐小胖，無助得要命，想哭卻又不敢哭、不能哭。深吸口氣，我要自己平息這股鬱悶的哀愁，然而，儘管過了那麼久，心裡還是會悄悄難過。

半晌，我才開口，「那你們現在還有聯絡嗎？」

「沒有了耶。只是，在剛出國那段時間很常想起她，那個時候，因爲人生地不熟，加上當地人多少都有些種族歧視，讓我常常想起從前老被欺負卻仍樂天開朗的她，甚至還想效仿起她的小胖精神。」

什麼跟什麼啊？什麼小胖精神？我哪有這樣！

「爲什麼不再和她聯絡啊？你不都說了這樣的女生很令人心疼嗎？」我沒有發現自己問得很急。

「妳怎麼這麼激動啊？看，巧克力都沾到嘴角了。」

「嗯？」

我安靜下來，怔怔地讓他爲我擦拭。這瞬間他靠我靠得很近，我的心臟因此狂跳不已。凝著這樣的宇，多想把我的心意告訴他，多想告訴他，我就是當年令他心疼的歐小胖啊，爲什麼不來找我呢？我一直都在這裡。

都在這裡等你。

「啊你們到底在一起了沒有？」

一回到家，我就忍不住想打電話向簡良智報告。只是，電話一接通，他也沒有要閒話家常的意思，開門見山地直接問了。

「沒，哪那麼快啊！」

說到這裡，我突然想起什麼似的，又沉溺在那怦然心跳的情景，「但是，他幫我擦嘴的時候靠得很近喔，我一度以爲他就要親吻我了！喔，天啊，眞的是好害羞喔！」

邊想，我又吱吱亂叫地狂歡起來，在床上抱著枕頭興奮地滾來滾去。

「呿！又不是沒接過吻，裝什麼純情啊妳？」

「你懂什麼，宇是我的初戀，我的夢耶！」

「是，妳的春夢。」

「對啦對啦，是我的春夢啦，怎樣？你當年的春夢還不是現在已經嚴重走山崩壞的廖思涵？」

簡良智頓時語塞。

安靜片刻他才又開口，「話說在燈光美氣氛佳的環境下，你們兩個怎麼沒有天雷勾動地火，擦出愛的火花啊？該不會是被那天 Yvonne 的話嚇到，默默打退堂鼓了吧？」

他這一語驚醒夢中人，我不得不承認這個可能性地默認。

「看吧，貌美如花的女生就會被冠上拜金女的臭名，妳乾脆早早坦承好了，說妳是當年那個善良純真的歐小胖啊，反正妳再這樣毫無節制地吃下去，距離回到當年的身材應該不遠了。」

「我才不要呢，你快點、快點過來陪我去運動。」

「妳當我是計程車，隨 call 隨到喔？」

「別這樣嘛，我親愛的。」我故意肉麻兮兮地撒嬌。

「……」他還是固執地沉默著。

「來陪我嘛，小可愛！」

「我的心肝兒？寶貝兒？」

就這樣，十五分鐘後，簡良智還是很認命地出現在我家門口。就因爲多吃了幾口巧克力蛋糕，事後只好付諸雙倍努力揮汗運動，把剛剛吃的全都消耗掉才行。

「妳還眞的吃了飯後甜點喔？完了妳，要肥死了啦！」聽到我貪吃巧克力蛋糕這件事情，簡良智激動得把我罵個狗血淋頭，我則乖乖站著讓他罵，完全不敢反駁。

「嗚，那怎麼辦啊？我下次不敢了啦！」

「還下次呢，快點運動，把剛剛吃的消耗掉啦！」

於是我又是跑步又是跳繩又是交互蹲跳的，就是要逼自己動到滿身大汗方能消除心中的罪惡感。

「怎麼辦？我心裡住著那個自卑醜陋的小胖歐胖蔚一直很邪惡地蠢蠢欲動耶，我快要控制不了她了啦！」

簡良智也沒閒著，在一旁陪著我跑步跳繩交互蹲跳，「奇怪耶，爲什麼妳要運動還要把我拖下水呀，我又沒有偷吃巧克力蛋糕！」

對他的抱怨我當然是選擇充耳不聞，只顧著沉溺在內心的歐胖蔚與現在的歐詩蔚天人交戰之中。

我掐住了簡良智的脖子，雙眼發狠地立誓，「一定不能讓宇發現我就是當年的那個歐胖蔚！」

星期一上班，一進到辦公室，同事們便投以異樣眼光看向我。是怎麼了嗎？那天簡良智陪我跟卡路里奮戰，這兩天體重並沒有變重啊，還是我的臉上沾到了什麼東西？難道是我的衣服哪裡有破洞嗎？

直到走到我的位置上，這才恍然大悟。

我的座位上擺放著好大一盒包裝精美的巧克力。安淇對著我曖昧地眨眼，她說這個品牌的巧克力並不便宜。

我則是皺著眉頭，東瞧瞧西看看地打量這盒吃了鐵定肥死人不償命的巧克力，根本不知道它貴在哪裡，「妳幫我拿出去請大家吃。」

「喔。那我先拿一個來吃吃看！」說著說著，安淇便走出門外。沒多久，我聽見外面一陣騷動，不只鑽石是女人的好朋友，看來巧克力也是啊。

安淇兜了一圈回來，她碎碎唸著好心分巧克力分到 Yvonne 那裡，沒想到她非但沒有說謝謝，還擺了個大便臉耶。

「她喔，不知道是不是那個來……」說完，她手拿著空盒回到我的身邊，才又突然想到，「對了，妳連看都不看是誰送的巧克力就全部分給大家吃，還分光光呢，這樣好嗎？」

了。」

「無不好啊！」我無所謂地聳肩，然後對著安淇露出一抹微笑，「我有喜歡的人

她聞聲，充滿期待的眼睛爲之一亮，興奮地抓著我逼供起來，「是誰是誰？竟然能

夠打動我們家 Summer 哥？」

我難得露出少女般的靦腆表情，「什麼 Summer 哥啦！」

「難道是對面辦公室的那個Ethan嗎？真不愧他跟阿湯哥在《不可能的任務》裡的

角色同名耶，竟然能擺平妳這個『Mission impossible』！」

我含著笑意，也沒有直接說破，「這巧克力太高貴了，而且可可濃度太高，我不喜

歡，其實只要像健達巧克力那樣甜滋滋的巧克力，我就吃得很高興了。」

「還眞好養耶妳！」

中午，我在公司樓下便利商店外的露天座位遇見宇。

「喜歡我送的巧克力嗎？」都還沒打招呼，他劈頭就這麼問。

而我這瞬傻眼了。「是……是你送的啊？」

「那天看妳吃巧克力蛋糕吃得很開心，我猜妳特別喜歡巧克力。」

「是沒有錯啦……」我支支吾吾的，然後，趁著宇沒有發現，順手把剛買來啃到一

半的健達巧克力默默藏到背後。

宇的表情很是熱情，「我還特地問了 Yvonne 喔，她說這個品牌的巧克力十分精緻

高貴，又不會太甜，很得女生的心。」

抱歉喔，偏偏這巧克力就不得我心。

這個時候我才想到，難怪 Yvonne 她會擺個大便臉，一定是因爲她壓根沒有想到，宇送巧克力的對象竟然會是我吧。

推廣組的兩個女同事剛買完飲料從便利商店走來，大肆嚷嚷著，「唉喔，Summer 謝啦，只有托妳的福才能吃到那麼高級的巧克力耶，人長得正眞是好處多多，妳不喜歡吃巧克力喔？怎麼整盒都拿出來分給大家吃呀？」

我尷尬地瞄了宇一眼，發現他也看向我。

「妳沒有拿幾片請 Ethan 吃嗎？我這裡還有兩片，要嗎？」眞不知道是要誇這個同事熱心還是嫌她多事，總之，她們都沒有發現我已經黑掉的臉龐還有宇的滿臉疑問。

「呃……」與我無言對看了約莫三秒，率先打破沉默的是宇，「妳的嘴角沾到什麼了？有點髒髒的。」

「是嗎？」慌亂中我伸手要擦，沒想到藏在背後的健達巧克力掉了出來。

完蛋了我……我緊閉雙眼，不敢再多看宇的表情，「對不起，我眞的不知道是你送的，還以爲又是哪個莫名其妙的無聊男人送的。」

「妳的男人緣眞的很好喔。」他淡淡的語氣裡隱藏了莫名的情緒。

「不是那樣的！」從沒見過這樣說話的宇，我急忙解釋，「收到巧克力眞的很開心，但是，因爲不知道送的人是誰，而且，根本沒有必要買那麼高級的巧克力呀，光是啃這個健達巧克力，我就很滿足了，小時候啊，我因爲長得很醜，我媽爲了哄我，都買健達出奇蛋給我吃，吃著吃著，就不知不覺養成了只愛吃這牌子巧克力的習慣，所以才……」

經過這次，宇一定很討厭我吧？

我還是不敢抬眼正視於看他。「眞的很抱歉。」

這靜默的時光又流逝了一些。他應該不會想再理我了吧？

「妳眞的很可愛耶。」

我沒有注意他眼底倏地閃過一絲奇異眼光，只是專注於他突然冒出的這句話，我原本滿是陰霾沒有未來的灰暗天空也因此綻放光明。我抬起發亮的水汪汪無辜大眼，瞅著他大宏大量寬恕我的臉龐。

「其實一點都不需要覺得抱歉啦，妳知道的，我也很喜歡健達巧克力呀。」

就是說嘛，以前，只要拿出健達出奇蛋，宇你的眼睛就會閃閃發亮呢，所以何必花大把鈔票買那個高貴的巧克力充場面嘛……

「眞的嗎？」我終於感到寬心一些。

沒想到他又眉頭深鎖，「只是……」

我忍不住追問：「只是什麼？」

「只是，我幼小的心靈好像受傷了，需要一點補償耶。」

「什麼補償？」

當我一頭霧水的時候，宇露出了狡猾又很俏皮的笑容，那雙會笑的深邃眼眸在太陽底下映得燦亮，好不吸引人。

「跟我約會吧？」最後，他如是說。

「我想，大概再不用多久你就要稱呼我張太太了吧，呵呵呵呵！」

那天過後，宇與我之間開始突飛猛進地發展，我們時常用 LINE 聊天聊到睡著。因此，我得意忘形地對簡良智放話，宇和我的大喜之日，他乖乖等著當我的伴娘吧。

簡良智則酸我，「拜託，等妳和他誠實攤牌再說吧。」

「我相信宇和我是真愛，是 true love，是可以通過重重嚴峻的考驗！」

「還 true love 呢！」簡良智不怎麼稀罕地嗤之以鼻，「在我看來，有問題的是妳本人。」

「我哪有什麼問題啊？」我在電話這頭掩嘴笑得肉麻，故作嬌羞，「人家不過就是個戀愛中的小女人啊。」

他則乾嘔兩聲，根本不理會我一頭熱的樣子，「據我所知，張駿宇曾向妳們班的同學打聽過妳。」

「那又怎樣？」我當耳邊風，繼續沉溺在自己編織的幸福世界裡。「反正鍾婷婷文定那天，除了廖思涵，其他人根本沒有認出我。而且，廖思涵出了這麼大的糗，怎麼可能會跟以前的同學聯絡嘛，安啦，沒在怕的啦！」

簡良智靜默半晌，知道我根本不當一回事，只能語重心長地又反覆叮嚀，聲音明顯沉重，「誠實為上策，免得哪天露出破綻妳就……」

「好嘛好嘛！很掃興耶你！不說了，拜！」

我就這樣依然故我地掛上了電話，忙著在穿衣鏡前試穿衣服。週末時，宇說了要帶我參加高中同學會，這意味著我又要以女伴的身分出席，一定要裝扮得漂漂亮亮的，才會讓宇有面子嘛。

公司這邊，安淇也感覺出來我有了不一樣的變化，當我一邊哼歌一邊打企劃時，她會忍不住糗我，「張太太，心情很好啊？」

我原本還未會意過來的，想說她對著我在叫誰啊？

而安淇又促狹地補了一句，「你們家 Ethan 不是姓張啊？妳不是張太太，難道最近那個臉臭到爆的 Yvonne 才是？」

我被她逗得笑呵呵的，就算被消遣了還是很開心，「別亂說啦！人家 Yvonne 應該只是工作比較忙，所以表情比較嚴肅一點而已。」

「嘖嘖！」安琪聽到我這麼說，用不可思議的眼神審視我，「聽說戀愛中的女人就算是聞大便也是香的，還真的有那麼些道理耶。那個Yvonne覬覦的男人現在只追著妳跑，和我們比畫的企劃案也被妳拿來了，她現在無事可做，當然只能忙著臭臉，沒想到妳還替她說話啊。」

「也不是這樣啦，我只是……」

不讓我有辯駁的機會，安琪湊了過來，「難道妳現在真的連聞大便都是香的？」

當然是……

「是臭的啊！」

星期六晚上，陪著宇參加他們高中時期數理資優班的同學會，餐敘進行到一半，我獨自來到洗手間整理儀容和補妝，突然想到安淇提過的那個無稽之談，心血來潮決定一試。

經過測試，我才知道自己是多麼愚昧，竟然會相信安淇那年幼無知的鬼話。我差點被熏昏，趕緊衝出洗手間，尋求新鮮空氣。

我一臉慘白地回到座位上，宇很紳士地問我怎麼了。

只是，我才不敢把這麼蠢的事情告訴他呢。

眼見桌上的佳餚可口依舊，我卻早失了食慾。喔！安淇這傢伙，都妳惹的啦……

「對了，你們ＳＰ怎麼二缺一啊？歐鈞蔚呢？怎麼沒來？」某個坐在對面的同學突然問起。

簡良智不但沒有回答，反而使了個很機車的異樣眼光過來。是怎樣？我就偏不中計！

最後，是不知情的宇開口，「聽說他到國外出差了，要下個月才會回來。」

「是喔，想說很久沒有看到他了……」

其實，事實是我們家那隻歐羅肥根本沒有到國外出差，一來是他自己身材變形了之後就對這種同學聚會興趣缺缺，二來也是因爲我強行逼迫他不准來參加。

當我逼著歐羅肥向宇說明他假借要出差之名無法出席同學會時，他還一臉莫名其妙，我則是半哄半騙保證以後都會載他上班，不會再讓他自己去巷口等公車了，他才乖乖妥協閉嘴。

「一直在說我們，張駿宇你朋友是念哪所高中的啊？」坐對面的那個同學眞的很愛發問耶。

我還猶豫著不知道怎麼開口，求救的眼神飄向簡良智，他卻若無其事地也跟著瞎起鬨，「對呀，Summer，上次一起吃喜酒的時候都沒有聊到，妳是念哪所高中啊？」

這一點良知都沒有的簡良智竟然當著宇的面前故意這樣問我，他是存心要拆穿我嗎？

我瞪他瞪到眼珠子都快要掉下來了，怎麼暗示他都沒有用，這傢伙是哪根筋不對了啊他？

宇接著轉過來，好奇如小動物般的眼睛直瞅著我，「我怎麼都沒有聽妳說以前學生時期的事情啊？」

「呃……」對不起，宇，我眞的不是故意要欺騙你的，「因為我在南部念書，跟你們搭不上話題啦。」

「是喔，原來如此。」

這個話題正要就此打住時，簡良智竟然繼續追問：「所以妳是南部人囉？」

我氣急地瞪著他，才發現他的表情已經不同於以往了，我肯定他是故意的。

「呃，對，是大學畢業之後才來台北工作的。」

「喔，看不出來耶，南部的太陽這麼大，妳的皮膚還這麼白，超厲害的！」

簡良智還想圍攻，所幸其他同學已經東扯西扯地扯到別的話題上，我靜默地與不說話的簡良智對峙著，不懂為什麼一向最挺我的他會如此反常，難道是因為他在氣我那天我不想聽他囉唆掛他電話嗎？

如果眞是這樣，那這傢伙未免也太小心眼了吧？

我獨自生悶氣，反正宇的那些同學們開始聊起以前誰喜歡誰的話題，我也一個字都插不上，只是……

「張駿宇以前桃花運最好了，你們還記得嗎？三班不是還有個姓歐的胖子對他死命糾纏呢。」

「不只，還有那個很正的廖思涵啊，不是也對他情有獨鍾嗎？」

聽到這裡，我手指緊緊攬著自己的裙角，只能這樣安靜聽著他們無情嘲諷當年的我，卻怎麼都不能回嘴為當年的自己辯解。

然後，有個女同學問宇，「怎麼樣？同時被貌美校花和恐龍笑花追求，是怎樣的滋味啊？」

我望向宇，突然很害怕，害怕他會說出什麼傷人的話語，害怕他其實真的很討厭跟我做朋友，卻礙於歐鈞蔚是他的同學所以不得不……

不知道為什麼，這個問題明明不是我發問的，宇他卻直視著我，穿透性的眼神讓我覺得自己突然變回當年那個被排擠的歐小胖，「因為那個歐胖蔚都沒有朋友，又老是被欺負，一個人總是孤伶伶的，所以……」

「沒想到張大善人這麼有同情心！」沒讓宇說完，最後一句，是簡良智衝著我，訕訕開口打斷的。

我靜默地望著宇，再轉而看向簡良智。

所以，當年宇對我的友好全都是施捨和同情？

原來是基於同情啊……

說眞的，知道了宇對當年的我只是純粹同情之後，我有點不知所措，不曉得該怎麼面對他。我的思緒五味雜陳攪和著，既沒有辦法責怪他，也沒有太多怨懟，只是有股難以言喻的酸楚在心底最深處悄悄蔓延。

同學會結束後，我累得不想再多說話，匆匆向宇交代過我可以自己回家，就逕自轉身離開。

回到家時，才發現黑暗之中有個駐守門口的身影，沒有想到竟然是簡良智站在那裡，等我等了一陣子的樣子。

此時此刻，我最不想看見的就是他簡良智，然而他卻這樣無懼地站在我面前，是故意來討打還是討罵的嗎？我刻意故作視而不見地側身，掠過他，要從包包拿鑰匙開門，卻被他一把蠻橫地擋下。

「對不起。」簡良智低啞的聲音訴說著抱歉，但是，他以爲這樣踐踏完我的自尊之後說聲對不起就沒事了嗎？

那他會不會太自以爲是了一點？

根本不想正眼看他，我淡漠的視線冷冷落在地上，「這麼晚了，有事嗎？」

「沒事，」他黯然地艱澀開口，「只是想確定妳是不是到家了而已。」

我轉頭過來，揚起受傷的眼神狠狠瞪住簡良智，今晚壓抑著的委屈和難過通通在這一刻歇斯底里地宣洩出來，「我是不是到家干你屁事啊？簡良智！這麼多年來，我當你是我最要好的朋友、最知心的姊妹淘，結果今天你竟然這樣捅我一刀，我到底得罪了你什麼，你要這樣對我？」

「我這樣是爲妳好。」

「你這是哪門子的爲我好？捅我刀算是什麼爲我好？你分明是忌妒！忌妒我終於要得到遲來的幸福了你才……」

「在妳心中我就這麼膚淺？」他打斷我，被我激怒的面容變得扭曲可憎，「那妳說啊，難道妳要一直利用夏蔚這個虛擬身分跟張駿宇談戀愛結婚生小孩嗎？妳有沒有想過，如果之後妳被揭穿了他會怎麼看妳？會怎麼埋怨妳？」

我頓時啞口無言。

「與其看妳身處謊言當中，還不如由我來把妳揭穿……」

我氣得出手搥他，語無倫次地失控大叫，「誰要你雞婆，誰要你多管閒事的！我根本沒有要你這樣，誰要你這樣做了？你有問過我嗎？你有經過我的同意嗎？你知不知道你這樣有多傷我的自尊！」

「妳以爲我這樣就很好過嗎？」他被我惹得反吼回來。我安靜下來，淚水一股腦兒全部湧上，無聲無息地迅速掉出眼眶，我終究還是哭了。

「妳以爲看著妳這樣，我就很好過嗎？」他的聲音極盡傷楚。一雙飽含情感的眼睛瞅著我，似有苦衷卻難訴的欲言又止。

著。

我哭得停不下來，曾經有雙溫厚的手想要攬我入懷的撫慰，卻始終猶豫著，也遲疑

最後，簡良智沒說再見，掉頭就走。

第九章——知道我的心嗎？

我的眼淚停不下來。

難眠的夜裡，輾轉反側怎麼都無法入睡，哭得眼睛都腫了。我也不知道自己爲什麼會難過，眞的想不透，爲什麼我終於要得到幸福了，身爲多年好友的簡良智卻一點也不爲我開心，還要這樣阻撓我詆毀我的自尊？這並不像他的作風，我眞的不懂。

直到星期一早上進公司，我還是心事重重的，整個上午都無心於工作。

經過昨天星期日一整天的沉澱，不知道簡良智的心情如何？這小氣巴拉的傢伙，怎麼都不先主動打電話給我啊？就算是用LINE傳個簡訊也好，至少讓我知道他已經不生氣了啊。

奇怪，明明就他先惹我的，我怎麼還這麼在意他還有沒有在生氣、是不是已經釋懷？可是我們從來沒有超過一天不說話的耶，感覺超尷尬超奇怪的啦……

我從抽屜拿出手機，想再次確認他有沒有來電或是捎來要和好的訊息，結果手機一片平靜，該不會是這辦公室收訊不好吧？

我雙手托腮，就這樣眼巴巴望著桌上的手機將近十分鐘，原本傲氣的心情開始動搖。好吧，我就隨和一點，於是，故意用 LINE 先傳個平時打招呼用的笑臉給他，卻左等右等地等到下午他也沒有回覆。

「這傢伙，是要挑戰我的耐性嗎？好呀，你不要理我我也不要理你了！」

儘管自己說得那麼慷慨激昂，到了下班後，我還是按捺不住，直接跑到簡良智公司附近想要堵他。

晚上九點，我走進他平常下班後常去小酌一番的酒吧，果不其然，這傢伙就如我預料般現身，而且竟然還和同事談笑風生，一副風平浪靜的模樣。

那我又爲了什麼要這樣七上八下的，擔心他過得是否還好啊？越想越有股熊熊怒意，最後乾脆挑釁地來到簡良智與他友人的鄰桌，以誰都難以忽視的大聲音量叫了滿桌子酒，一杯一杯喝了起來，很幼稚地非要他親自來道歉我才打算停下來。

然而他卻來得比想像中遲。

我惡狠狠像盯著獵物那樣猛盯著他，他卻不痛不癢地選擇繼續漠視我，這傢伙是怎樣？我都已經坐在他面前還不趕快來道歉，先和我說話我就會和他和好了喔，怎麼這麼久了還不來？是在跟我比賽看誰先說話嗎？

「小姐，妳一個人嗎？要不要跟我一起喝一杯？」

不知道過了多久，我喝到我的目光不再銳利轉而昏花，模模糊糊的視線裡，有個男生不知道從哪裡冒出來，頗沒禮貌地一屁股坐在我身邊，擅自搭起我的肩。

「你誰啊？小姐我認識你嗎？」我掙扎地將他推開。

「我就是看妳單獨坐在這裡喝悶酒，怕妳無聊，所以來陪妳的啊……」這人怎麼這麼煩啊，我才把他的手拿開而已，他又忙不迭遞了酒上來，「請妳喝一杯，漂亮小姐才有的喔。」

我還忙著推開那杯酒，原本坐在隔壁桌不動如山的簡良智終於站了起來，「你沒看到她已經醉了嗎？」

「我只是看她一個人，好心來陪她而已……」

「你這個一點良知都沒有的簡良智！終於肯跟我說話啦！」推開那個半路冒出來搭訕的路人甲，我很是得意地對著簡良智咧嘴笑開。

「妳喝醉了啦。」

「我哪有……」幾分醉意使然，我手一伸，毫不客氣地捏住簡良智湊近的臉龐，喔，這傢伙平常是有在偷偷保養嗎？皮膚挺嫩的嘛。「呵呵，這樣近看，發現你長得挺可愛的嘛，瞧這俊俏的小臉，來，姊姊親一個！」

他皺起眉頭，掠過輕浮舉動簡直跟個色老頭沒兩樣的我，脫下身上的西裝外套蓋在我身穿短裙一覽無疑的大腿上。「沒事喝那麼多幹麼？」

「什麼？什麼沒事，還不是被你惹的。」說到這裡，我掄起不滿的拳頭猛揍在他結實的臂膀上，「知道跟你吵架有多難熬嗎？害我昨天都睡不好，哭得眼淚都停不下來，我們從來都沒有吵過架的啊，如果連你都不跟我說話了，那我以後半夜失眠的時候要打電話給誰，心情不好的時候要找誰說……」

好像真的是因為昨天幾乎徹夜未闔眼，我話說著說著，雖然嘴邊還頗不甘心地喃喃著快來啊我的小心肝小寶貝兒，給姊姊親一個嘛，可是眼皮已經開始沉重。

起初還能聽見耳邊簡良智對著我無奈地叨唸，而後，他在打電話，不知道說了什麼，我已經漸漸聽不見了。

「Summer 喝醉了，我和同事小酌，剛好在這裡遇到她，對，這裡的地址是……」

我醒來時，已經三更半夜了。

與其說是醒過來，應該說是整個驚醒然後跳起來的。

這裡是哪裡？

環顧這個陌生的空間，是個簡約風格的飯店房間，不會吧？我酒後亂性了嗎？跟誰啊？邊想，我趕緊往棉被裡偷瞄，衣服都還穿得好好的，沒事嘛，那我怎麼會在這裡？

按著酒後仍發疼的腦袋，我躡手躡腳地下了床，發現旁邊的小沙發上窩了個熟睡中的男人，那不是簡良智，我悄悄走近，這才看見：怎麼會是宇？

奇怪，宇他怎麼也在這裡？而且，就算是我對宇酒後亂性了，那他怎麼還可憐兮兮地屈膝窩在小沙發上，而不是和我兩個人纏綿悱惻地躺在被窩裡啊？

所以我沒有對宇酒後亂性囉？嘖嘖，眞是太可惜了，應該好好利用這機會的嘛！

總之，對於這樣讓我失望又沒有邏輯可言的場景，我試圖回想，卻徒勞無功，只能抱著頭痛欲裂的腦袋，還是什麼都想不起來。

眞的沒什麼印象了。

啊，糟糕，這麼晚沒回家，媽媽一定奪命連環 Call 的！她該不會已經去警局報失蹤人口了吧？

「完了完了！」

這個時候，我才想到拿起電話要打回家，甫一按下手機螢幕，卻沒有意想中從家裡打來次數多到爆炸未接來電，倒是簡良智在我的 LINE 裡留言。

「我請歐鈞蔚跟歐媽說妳今天要處理公司一個急件，會忙通宵，所以先住在同事家，要她別擔心。至於張駿宇，是我打電話要他安頓妳的。」

「我說自己和朋友剛好遇到妳，其餘的沒多提。」

很符合他個性的交代。

雖然沒有明說要我別擔心，但他就能做到讓我完全放心。

哼，不是不跟我說話嗎？還不是只是做做樣子，我就知道簡良智是眞的對我好，就連我媽那邊都幫我想好理由搪塞，眞夠義氣了他。

只是，我還不懂，爲什麼那天他會突然莫名其妙在高中同學面前拆我的台，還說這樣是爲了我好。以及起爭執時，他用那麼情緒複雜的眼神凝視我，那總是捉弄我笑我的不正經表情已然悄悄轉換，沉默瞅著我時，爲什麼看起來這麼憔悴失落呢？似乎有什麼不能說出的苦衷與情愫，他從來沒有那樣看過我的。

因爲怎麼樣都想不通，最後乾脆放棄地不要想通。

總之，安心之後，我便喜孜孜拿了枕頭過來想要幫宇調整舒適一點的睡姿。看著睡覺時就像個孩子的宇的臉龐，安穩得彷彿世界崩塌了都無妨似的，看著看著，幾乎都忘了自己還在生他的氣，瞧那嘴唇迷人的弧線，這根本是引誘犯罪了嘛他。如果我偷偷親吻他，應該不會被發現吧？

我賊頭賊腦地緩緩靠近，心裡還不斷自我催眠：不是我很色想親他，是宇他自己引誘我親他的喔……

不料我這宛若笨賊的身手一點也不矯捷，才一靠近，我散落的長髮便把他搔得睜開惺忪睡眼。「嗯？妳醒了？」

這句話應該是我要問的才對吧。

只是，這個時候我沒空頂嘴，只能趕緊跳開自清，「嗯。」

胡亂點點頭，我們兩個就這樣誰也沒再開口地安靜下來，怎麼辦，宇他該不會發現我剛剛想要親吻他吧？

半晌，宇坐了起來，「妳在生我的氣嗎？」

我不知道該說什麼，因爲，以 Summer 的身分，確實沒有生氣的資格。

「對不起，同學會那天……」

好不容易已經撫平的情緒，卻因爲宇無意的提及，倏地回到了那個時候，大家用開玩笑的輕蔑語氣談論大帥哥張駿宇被恐龍妹歐小胖追求的往事那當下。

那時，宇他說了當年對於我的友誼都只是同情。

根本不讓他把話說完，不讓他心懷歉疚地抱歉著，因爲宇他其實一點都沒有錯，錯的人根本是我。是當年我不該對他存有期待和幻想，錯在現在又用了虛假的身分靠近他還渴望得到他的愛。都這個時候了啊，當深望著他那雙會笑的深亮眼睛，我還是竭力地想要逃避，怎麼樣都說不出我就是歐小胖這個事實……

我霍然站起身來，打斷他的話逕自說著，「啊，我渾身都是酒味，一定臭死了，眞抱歉，讓你見笑，我先去沖個澡好了。」

他卻……

「可不可以不要走？」宇他拉住了我，從背後用力抱住我。

「一直都沒有和妳獨處的機會，在妳的面前，我總是那麼慌張，因爲太在意妳，太害怕會再和妳擦肩而過，不知道該用怎樣的心情來面對妳，面對妳的多變，我……」

他將我轉向他，面對著他這刻眞摯掏心的告白，而我仍怎麼都不敢對上他眞情而熾熱的眼睛，只因爲他喊的名字，那根本不是眞正的我。

「可不可以不要走？」他輕輕的吻落在我的嘴唇上，這瞬間，我的靈魂和全世界都爲之顫抖，再多因欺瞞而築起的芥蒂與隔閡都在這秒無聲瓦解。

「我們在一起吧？」最後，他如是說。

隔天早上，我們兩個人是手牽著手一起去上班的。

不知道怎麼會這樣，早已經不是十七八歲年少懵懂的青春年紀，也在大學時代談了幾場戀愛了，而今卻還會有這樣的不眞實感，當宇那麼厚實的手握住了我的，我都會按捺不住心裡偷偷的雀躍，幾乎快要飛上天。

能和昔日心目中的微笑王子在一起，這已經足以圓了我此生最甜美的夢，我知道這樣的說法未免太沒志氣了，但我就是……

彷彿二十六歲的身體裡面，還是住著一個十七歲少女。

走進辦公室，耳語的速度之快，同事都在竊竊私語討論著，Yvonne 猛獻殷勤還苦追不著的 Ethan 竟然跟 Summer 在一起了，早上還看見他們一起手牽手走進公司！

這是預料之中的事情，我並沒有太多訝異，只是，Yvonne 那邊，聽說她早上的臉色都不是太好，可想而知她的心情有多糟糕。

這並不是我樂意見到的狀況，雖然我沒有做出任何對不起她的舉止，也不是破壞感情的臭小三，但是，失戀總不是什麼可以逞強的事情，於是，我想向 Yvonne 示好。

我趁著下午外出做市調的空檔去了一趟百貨公司，買了小盒包裝的巧克力，是她上次對宇說女生會喜歡吃的那個品牌，希望難過之餘，她可以吃吃甜食，應該很快就能再堅強起來。只是，當我拿出這盒巧克力之際……

「妳是被戀愛沖昏頭啦？幹麼還特地這樣？」安淇頗不解地看我，「不會是談個戀愛妳就變成了嚮往愛與和平那種天真無邪的小女孩了吧？」

我奇怪地點點頭，「我是崇尚愛與和平啊，有什麼不對？」

她則很誇張地翻了個白眼，「問題是，對象是 Yvonne 那個女人耶！」

「我只是出於善意，不要讓她覺得我是驕傲的……」我邊解釋，安淇已經聽不下去了。

搖搖頭，我無奈地走出辦公室，來到隔著迴廊的對面辦公室，深吸口氣，敲了兩下門，沒人應聲，我便自己走了進去。

「聽說妳喜歡吃這個。」面帶我最溫和的微笑與善意，我獻出了捧在手上的巧克力。

我早就想過她或許不會接受，也可能會義正詞嚴地斷然拒絕，卻沒有想過她會用這樣冷峻的眼光掃視我全身，一字一句都說得犀利苛刻。

「誰要妳這麼虛偽的？歐、詩、蔚，用盡心計得到新客戶和總經理的信任，接著又搶走了我喜歡的男人，讓我變成全辦公室同事談論的笑柄，很得意是吧？所以現在帶著這個東西假好心地看我落魄的慘樣嗎？」

我頓時不寒而慄，她從來沒有這樣連名帶姓地喊我中文名字。

「我不是這個意思。」

「那妳說妳是什麼意思啊？除了是來炫耀，我再也想不出第二個妳現在站在這裡的理由！」

我沒有再開口。既然這樣，還有什麼好說的，於是我轉身默然離去。

「我會讓大家看清妳的眞面目，」她仍不肯放過地從我背後冷冷迸出這句「等著吧，歐詩蔚妳不會囂張太久。」

「長得這副德性，又肥得要命，妳到底憑什麼喜歡他？我們全班還有全年級的人都在恥笑妳，說妳利用自己弟弟和駿宇是好友的關係，很不要臉的想盡辦法靠近他。」

「如果今天，妳不是歐詩蔚這個身份，沒有鈞蔚這個就讀數理資優班的出色弟弟，妳想，駿宇他還會理妳嗎？」

「照照鏡子吧妳，醜八怪！哈哈！」

好幾天我都睡不好，老是夢見原來廖思涵鍾婷婷霸凌的臉，變成了 Yvonne 還有吳小梅，我好害怕，夜裡哽咽著醒來，第一時間想要打電話給簡良智。

撥出了電話之後，又反悔地趕緊把電話掛斷，然後自己在失眠的寂靜夜裡獨自懊惱。

明明上次他已經幫我掩飾我喝醉酒在外過夜的事情，表面上看起來我們是和好了，可是就不知道怎麼地，感覺簡良智已經不會再像從前那樣。

是什麼變了我也無法確切說明，好比我嘻嘻哈哈向他說了幹麼這麼見外啊，我喝醉頂多就把我扛回去他家借睡一晚就好啦，我是不會介意睡他床的，怎麼還幫我美夢成眞把宇給大老遠叫來了啊？他則是淡淡說明，因爲不好向家人解釋，怕他們誤會了跟我的關係。我心想著最好是呢，簡良智你爸媽我難道不熟？

只是，他逐漸轉爲陌生禮貌的語氣不再容許我任性作怪，這莫名糾結的疙瘩慢慢擴大，接著，連我都不得不變得生疏客氣起來，最後連電話都不敢再打給他。

難怪人說有異性沒人性。

最後，我只能這樣自我解嘲。

天氣很好的某一天，和宇說好了要去約會。

我們沉溺在只稍和彼此交換眼神就會微笑的甜蜜之中，好喜歡和我在一起的宇，好喜歡這樣溫柔牽著我手的宇，他說了，要手牽手，一起走到永久的。

我盡可能地不去想，如果有一天他發現夏蔚這個身分是假的，那會是怎樣分崩離析的局面，只是任自己和宇活在謊言裡面，過著看起來美好的一天又一天。

對不起，但是我眞的好幸福。

我們終於如願來到平溪，爲了我傻呼呼的願望，希望可以像電影《那些年，我們一起追的女孩》那樣，在平溪的鐵道上手牽手走。

「那我們等一下還要去放天燈喔。」儘管我的要求很不環保又幼稚，宇還是含笑答應了我。

就這樣，我們搭上瑞芳支線的小火車，直到這老舊列車緩慢駛離熙熙攘攘的喧囂城市，窗外的風景開始倒退流轉，迴繞一座又一座層疊交錯的小山，經過一站又一站，我們終於抵達菁桐站。

在這樣冷呼呼的季節裡，遊客沒有想像中的多，爲了圓我期盼已久的少女夢，宇帶著我來到鐵道前，走在直行地鐵道上，我要寶地問他，「我現在這樣像沈佳宜嗎？」

宇瞧我興沖沖的樣子，也跟著笑了，「但我覺得妳比她漂亮兩千一百萬倍！」

我全心全意注視著宇說我漂亮時那麼燦亮的眼眸，總是孩子氣的真摯性情，即便是甜言蜜語，他卻能說得理直氣壯，說得像是在說今天天氣很好這般理所當然，才不像那個一點良知都沒有的簡良智呢，要從他的嘴裡說出我漂亮這類的字眼簡直跟要他的命一樣困難。

哼哼，想到這個小心眼的傢伙我就有氣，不知道他的腦袋到底在想什麼、在氣什麼，明明已經沒事了卻還對我視若無睹的，說什麼我已經有宇了就不好再和我走得太近，眞不懂這三八兄弟，這些年來我們之間培養的革命情感有那麼脆弱嗎？少了他常在家裡神出鬼沒地現身，就連媽媽都覺得家裡突然空蕩蕩地放大了。

想到這裡，我忍不住輕聲嘆息。

「怎麼了嗎？」宇聞聲，抬眼看我。

這才意識到，現在正在和我夢寐以求的微笑王子宇約會耶，怎麼分心分到那個一點良知都沒有簡良智身上啊。

我趕忙微笑澄清，「沒事。」

只是，這一搖頭晃腦地把視線從腳下移開沒一會兒，走了幾步，身體開始失衡，不過一秒，太得意忘形的後果就是馬上跌個四腳朝天。

「好痛！」我一屁股跌坐在地上，沒來得及顧自己哪裡受傷，我看見腳上踝靴的鞋跟竟然已經斷成兩截，那是我最喜歡的一雙鞋，而且是傳說中可以帶來幸福的鞋耶。

怎麼會這樣……

難道，欺騙的下場就是得不到我想要的幸福嗎？

「還好吧？我來幫妳。」方才來不及英雄救美的宇，只能在我的面前屈膝，擦乾了我無助的眼淚。

這瞬間，我想起的是十七歲那年，廖思涵的慶生趴，我被叫去倒飲料，正感到無助的時候，宇也是這樣關懷我的。

但那個時候，他終究保護不了我，最後我還是被鍾婷婷惡整，被沾滿黏膩奶油的生日蛋糕砸得全身都是，當場成爲眾人的笑柄。

會不會這次也一樣？

「我會讓大家看清妳的真面目，」

「等著吧，歐詩蔚妳不會囂張太久。」

此刻，思緒渾沌的我，內心充滿五味雜陳的矛盾與不安，想到 Yvonne 那個時候犀利的眼神，以及冷峻的目光掃視我的全身上下，恨不得將我啃噬的深切埋怨，我是不是終究不應該和宇在一起的？

後來，宇揹起我，要帶我到街上買雙暫時能走的鞋子。依附著他的背，鼻息間盡是陽光曬乾衣服的舒服氣息，還有我獨佔宇的專屬氣味。

我忍不住哽咽著，用細微聲音問了，「宇，你喜歡我嗎？」

「當然啊。」

「很喜歡嗎？」

「對呀。」

「喜歡到我如果欺騙了你，還是會喜歡嗎？」

「妳怎麼啦？」

「沒有啦，因爲太幸福了，所以我……」

因爲不想讓宇看到我偷偷抹掉眼角不小心滑落的淚水，當他轉身，只看見了我牽強的微笑，卻沒有發現我深藏的顫抖與脆弱。

宇，如果你知道了我就是當年的歐小胖，你還會喜歡我嗎？

「歐詩蔚，眞的是妳？」

星期一，剛踏進辦公室我就被叫住了。

我回過頭來，發現自己並不認識眼前這個陌生女子，她顯然不是我們公司的人。

「上次在百貨公司看到妳和那個簡良智在一起，我還不以爲意，是後來聽見簡良智叫妳的名字，今天再看到妳我才……哇，感覺超驚奇的！」

「妳是……」

我用疑惑的眼神檢視這個陌生女子，怎麼想都不記得自己認識這一號人物。方才她脫口說出簡良智的名字，不會是高中時代的同學吧？

想到這裡，我立即提高警覺。

「我是溫家娜，新來的業務助理。」她指著自己，非常草率地帶過自我介紹，我還歪著頭，費盡心思在想自己什麼時候認識這個溫家娜，她已經開口就是一串話。

「忘啦？就以前高中隔壁班的溫家娜呀，我們還上過同一間數學補習班，只是都沒什麼交集，沒說過幾句話而已。」

被她這麼一說，遙遠的記憶裡好像有些印象了。

「哇，妳瘦身成功耶，臉蛋長得跟高中時期完全不一樣！妳是不是偷偷跑去割雙眼皮啊？鼻子也好挺喔，去哪裡做的？我可以摸摸看嗎？會不會被我一摸就變形啦？」

被她這樣肺活量頗好的聲量大肆嚷嚷，我可以感覺到背後許多側目的眼睛紛紛聚集注目在我身上。

「Nana，妳的意思是說我們 Summer 以前不是長這樣？」問話的人是吳小梅，她話中有話，一雙輕佻的眼睛從我的腳趾到頭頂上下打量。

看來是她把這個溫家娜亂丟在這裡的。

「是呀，May 妳都不知道，這簡直是奇蹟，高中時候歐詩蔚又肥又醜的，一點人緣都沒有，是班上票選最顧人怨的背後靈呢……」

這下，不用臆測都可以知道，這番話被 Yvonne 的心腹吳小梅聽到，然後扭曲意思再傳到 Yvonne 耳裡，會變成什麼樣可笑的謠言。

我忍無可忍地打斷了溫家娜的話，義正詞嚴地反駁，「我只是減肥下來而已，全身上下沒有任何一個地方動過刀。」

清者自清，謠言止於智者，這兩句話在八卦總是滿天飛的公司裡並不適用。

「幹麼這樣，只是覺得妳長得不一樣了嘛，」她悻悻然回嘴，「沒動刀就沒動刀，這麼大聲讓人家還以爲妳是作賊心虛呢。」

「妳來這裡上班，不是爲了要和我敘舊吧？」

我也毫不客氣地敬以嚴厲眼色，把吳小梅手上還沒有及時遞給溫家娜的新進人員需塡表格重重擺在桌上，「現在是上班時間，請妳先完成報到手續，如果妳還對我很有興趣，歡迎下班後來找我喝咖啡。」

我轉身，要自己別爲了這麼無聊的事情動怒。只是，當我轉身，這新來的白目溫家娜立刻用能讓我聽得一清二楚的音量問吳小梅，「她是什麼高階主管嗎？怎麼跩成這樣？人家只是好奇……」

而吳小梅才不管我還在她的視線範圍，已經肆無忌憚地追問起來，「妳說她高中的樣子眞的是個胖子喔？」

果不其然，不過三天的時間，我以前在高中畢業紀念冊上的照片就被有心人士在公司內部惡意散播全然曝了光，流傳得滿公司都是，理所當然成爲同事之間茶餘飯後談論的主題。

「喂，妳們看過那封 mail 沒啊？聽說 Summer 是高中時候長得太醜了一直被欺負，畢業後就存了一筆錢飛去韓國大變身耶！」

「對呀，以前我覺得她超正的，現在怎麼看都覺得她長得假假的，原來因爲是『加工』過了。」

「哼，是人工美女就算了，還這麼囂張敢去搶 Yvonne 喜歡的男人耶，Yvonne 超可憐的，聽說到現在都還對那個 Ethan 念念不忘呢。」

「眞的假的，喔，那 Summer 眞是太囂張太過分了！」

就連上個廁所也還是被同事們竊竊私語地討論著，以前那些曾經要好過的同事現在一面倒，Yvonne 反而成爲了故事中的受害者，被我這個整形過的人工美女橫刀奪愛。

我從最後一間廁所走出來，像高中時期那樣刺目的有色眼光又回來了，她們並不友善地盯瞧著我，彷彿我是異類，不該出現在這裡。當我經過她們的身邊時，都還能聽見她們似乎小聲說著「眞不要臉」、「臭小三」等等罵人的字眼。

鐵青著臉，我趕緊躲到自己的座位。

「怎麼了啊？」安淇見我臉色不對，立即湊上來，「是不是又被說了什麼閒話？」

看來，安淇也看過我高中時期那些難堪如夢魘般的照片了。

我沒回答，她已經從我無言的緘默中得到答案。

「業務組的人眞的太過分了，工作上贏不了妳就這樣蓄意傷害，」

安淇氣憤難耐地說道，直到轉頭過來，才發現我泫然欲泣的無助，在她面前，我一直都是個威風凜凜的 Summer 哥，很少這個樣子的。

「唉唷，Summer 姊，別難過啦，那就代表妳現在眞的很漂亮，才會有人想要攻擊妳嘛。」

眞的只是這樣嗎？但要是這件事情再繼續擴大，甚至傳到宇的耳裡，我又該從何解釋起？

「安淇……」

「嗯？」

「妳相信我嗎？相信我眞的沒有整型，是靠自己的意志力瘦身減肥下來的。」

「當然啊。」她信誓旦旦地拍胸脯保證，還很難氣消地激動叫道，「我跟了妳多久，妳的爲人我還會不知道嗎？所以才生氣啊，業務組的人沒品亂攻擊妳就算了，外面那些無知的同事也眞是的，誰說什麼就信什麼，是不知道這種以訛傳訛的謠言殺傷力最大了嗎！可惡耶！」

越想越覺得自己不能這樣坐以待斃。

我不能只坐在這裡抱屈痛哭，我不能再像以前一樣只有挨打的份，我已經不是當年十七歲的歐小胖，就算備受欺凌卻不敢喊痛，我是現在的我，我是二十六歲堅強勇敢的歐詩蔚！

於是我一股作氣衝去了 Yvonne 辦公室，連門都沒有敲。

「可以請妳不要這麼幼稚嗎？」我站在她的面前，清晰表達出自己的意念。

她則是看都不看我一眼的傲慢，「聽不懂妳在說什麼。」

「我高中時期的照片，難道不是從妳的底下，從溫家娜那邊流出來的嗎？」

Yvonne 聽到這裡，一改在眾人面前扮演的受害者形象，不甘示弱地大聲起來，「妳說這個話有什麼證據？要抹黑別人之前先拿出證據來啊！」

一旁的吳小梅也加入了戰局，訕訕開口，唯恐天下不亂的語調，「是呀，眞奇怪，有種去整型卻不敢承認啊？敢做就要敢當啊！」

我頓時冷靜下來，在她們看來，我或許是心虛語塞，掃視過她們可憎的嘴臉，最後，我來到溫家娜的面前質問：「請妳告訴我，妳哪隻眼睛看到我去整型了？」

只見她答不出來，一陣彆扭，我更逼近她，用我最客氣卻不容她再任意妄爲的聲音，「請妳也告訴其他人，妳到底是哪隻眼睛看到我去整鼻子還是割雙眼皮啊？說話啊！」

她被我嚇得完全噤聲，整個人無法動彈。

悄然無聲的詭譎局面，誰都不敢再吭聲，最後，是總經理踏入了這空氣幾乎凍結的小辦公室打破僵局的。

「Yvonne！剛好，Summer妳也在啊？我正要找妳們兩個開會。」

是關於先前和業務組比劃的企劃案，現在產品已經進入最後包裝階段，預計下個月初就要上市，關於新品發表會的形式，總經理叫來了 Yvonne 和我，想問問我們有什麼想法。

這畢竟是我勝出的企劃案，當然後續的行銷方案我也是多少有想法，當面對 Yvonne 時，雖然是盛氣難消，還是努力壓抑自己的熊熊惱意，要自己專注在工作上。這是我全心全意投入的工作，我告訴自己，我不能意氣用事。

稍微整理過自己的情緒，我才平靜開口，一邊將自己先前預備的資料和廣告紙板秀出來，「我的想法是，搭配宣傳廣告，主題為『告白，與他的初次約會』，女孩子在第一次約會時都會希望自己擁有完美妝容，我們的裸妝產品正能夠符合女孩想要的妝容，看起來好像沒有化妝，但是又能夠有著戀愛般的好氣色。」

得到總經理欣然要我說下去的支持眼神，我又繼續解說。

「我們的新品發表會或許沒有國外大廠牌的華麗排場，但可以用巧思取勝。我們企劃組提出愛心鎖的概念，在新品發表會加裝上一道鐵柵欄，上面掛上大大小小各式各樣的鎖頭與告白的小卡，象徵鎖住戀人的心。我們也會請業務組和推廣組幫忙，在新品上市的一個月內搭配促銷活動，在各大連鎖賣場也擺出類似的裝飾牆，加強氣勢。」

總經理將視線轉向旁邊的 Yvonne，「妳有什麼想法嗎?」

「我們都被指定爲輔助了還能有什麼想法?」她不屑地瞥開與我交集的眼光，語氣盡是帶酸的貶意。

「有風度點，良性競爭總是好的，我認爲 Summer 這次的 idea 就很不錯。」

總經理讚賞地對著我點點頭，這使我降至冰點的情緒終於回溫了些，緊綳的心情也放寬不少，他還要我多談一些關於愛心鎖的概念。

「其實是因爲之前去首爾玩的時候，對愛心鎖的概念印象深刻，我一直覺得那個裝飾頗具創意，會讓人也想參與。」

總經理深思了一會兒，做出他最後的決定，「這樣剛好，過幾天我要去韓國出差，到客人的公司會報，妳跟我一起去，順便帶我參觀一下妳說的那個愛心鎖。」

「總經理!那我呢?」我的心情受寵若驚，Yvonne 則是已經難以置信地叫出來。

向來都是部長和業務組長和總經理一起陪同客人會報的啊，今天，則由總經理親自欽點要我出差，我看著 Yvonne 怨懟黑掉的臉，她怎麼都不肯相信自己會這樣意外落馬。

「Summer 也該出去見見世面，多學習學習了，每個人都該有機會一展長才，當年的妳不也是這樣竄起的嗎？」

Yvonne 已經說不出話來了。

就這樣，我收到突然要出差的成命。

雖然是件好事，但不知怎地，我狂跳的眼皮和不安的情緒怎麼樣都無法安定下來，就像是奪走了別人心愛的洋娃娃，我自己即便是擁有了，卻也很難開心起來。

安淇鼓勵我要我加油，這不是我耗費心機奪來的，而是累積多年實力咬牙爭取到的。這個時候，理當要抬頭挺胸去迎接出差帶來的挑戰與冒險。

去韓國的一週之間，每天都很忙碌，要接觸新鮮的事物，要參訪客戶的公司向客戶會報。這是我最熱衷的工作，也樂於學習，時時刻刻都覺得心情是飽滿而充實的。

即便是如此，我卻還是挪了許多時間在想念上面。我好想念宇，好想念他那雙會笑的眼睛，明明知道台灣和韓國距離並不遠，但就是真的好想念他。

起初到了韓國的頭一兩天，宇會用 LINE 傳訊息給我，問我這邊冷不冷，適不適應這裡的環境，好想趕快再見到我，甚至還會指定我幫他買什麼好吃的零食回來，問我有沒有吃到道地的辣炒年糕和泡菜湯。我則拍了好多韓國街道的風景照片還有美食傳與他分享，心與心，貼近得像是我們從沒分開過那樣。

倒是這個三八兄弟簡良智，雖然因爲我和宇開始交往的關係，非常想和我撇清關係，但還是捎來了他相當簡潔有力的關心，「聽歐鈞蔚說妳出國了，一切保重。」

我忍不住噗嗤笑了，這傢伙明明就很關心我，幹麼還要酷，「收到你的關心啦，對了，這裡的妹都很正耶，要不要拍幾個跟你分享？」

不過三秒，我就收到他極具個人特色的直白回覆。「本人不愛韓貨，請支持MIT。」

哇塞，他有沒有這麼忠良愛用國貨啊？

即便是相隔兩地，還是忍不住像我們平常相處時那樣耍起嘴皮子，「好啦好啦，早就知道你愛的人是我了。」

然後，手機一陣靜默，再也沒有收到他回的訊息了。

難道是默認？他現在是在害羞了嗎？難道……簡良智真的愛的是我？邊想，自己先狂笑出來了，對方是一點良知都沒有的簡良智耶，我們兩個認識沒有十年也有八年了，我怎麼會有這個荒唐的想法冒出來啊。

搖搖頭，我隨即否定掉自己天外飛來一筆的謬論，繼續埋首在自己手邊的工作。只是，不知爲什麼，搞到最後，反而是我自己開始莫名其妙地在意起來，每隔幾分鐘就反覆檢查過手機一次，想看看到底簡良智後來還有沒有再傳什麼訊息過來。

這樣微妙的心情沒有持續太久，來到韓國的第五天，行程提早的緣故，我就被告知可以提前回台灣了。

我喜出望外地自己在心裡偷偷安排了一個計畫，決定給宇一個超大驚喜。我想在他還不知道我已經提早回國的情況下，突然衝向他的懷裡然後大大地擁抱他！

迫不及待從機場回到公司附近，已經晚上八九點了，正好搭上宇即將下班的時間，我拖著行李，到我們常去的那間便利商店買了咖啡，搓搓冷到僵掉的手，滿心期待心愛的宇出現，卻看到 Yvonne 和宇兩人有說有笑地一起下班，肩並著肩步出大樓門口。

雖然知道，因為辦公室就在對面的緣故，他們兩個的相遇總是不可避免的巧合，我仍壓抑不了內心冉冉而上的五味雜陳。

「我今天聽我們 Nana 說，才知道原來你們是高中同學耶，也太巧了吧。」

「是呀，一開始溫家娜叫住我的時候，我還反應不過來呢。」

幾天沒見，宇的溫柔就如同我出國前那樣，看著他良善地對著 Yvonne 說話的表情，雖然知道是基於禮貌，我還是忍不住逕自埋怨起來，臭宇，你這個多情種，幹麼對她笑得那麼迷人啊。

「那 Summer 呢？你高中的時候就認識她了嗎？她轉變那麼多，跟高中時期的樣子簡直判若兩人，抱歉啊，不知道該不該你說這些的……」

她一副欲言又止的模樣，顯然是要吊人胃口的意圖，那樣挑撥離間的嘴臉看來眞的很討厭，「但我們整個公司傳得沸沸揚揚的，我是好心才跟你說的，Summer 她呀……」

聽到這裡，我已經脊背發涼，早能預知她接下來要講什麼了，心一慌，手中的熱咖啡嘩地應聲摔在地上。

「Summer？妳怎麼提早回來了？」眼尖的 Yvonne 心虛地叫了出來。

而我不敢讓宇看到，我已經早一秒轉身。

來不及了，宇已經追了過來，「Summer？歐小胖？歐詩蔚？」

怎麼辦，他真的已經知道了。

接下來他會怎樣？大發雷霆嗎？會在 Yvonne 面前指著我的鼻子大罵我是騙子然後甩了我嗎？

我心亂如麻，真的沒能再思考太多，只是一直加快腳步拖著行李逃跑，閃過幾輛疾駛而過的轎車還闖了紅燈，匆匆跳上正好停下來的計程車，直到宇再也追不上我。

這個時候我才哭了。

對不起，宇，是我騙了你。

「小姐，妳要去哪裡？」操著台語的計程車司機，並沒有因此放過淚流不止的我。

只是，此時此刻胡亂的思緒根本無法平靜，混雜著淚水的模糊視線裡，淨是手上打包韓國各式各樣伴手禮名產的紙袋，於是，我才終於有了短暫的去向。

我來到簡良智的公司大樓底下。

瑟縮在大廳會客室，哭得紅腫的眼睛並不敢抬頭張望，沒多久，一個頎長身形驀地闖進我低頭盯著自己鞋尖的落寞視線中，我彷彿得到救贖般地伸手拉住他的衣角。

「什麼時候回來的？怎麼有這個閒時間來在這裡？」

千頭萬緒的，我也不知道該從何說起，只能耍起嘴皮子，隨口扯個彆腳的理由，「想你，來看你不行嗎？」

「我又不是張駿宇。」他帶著酸楚的自嘲口吻，拿我沒轍地苦澀笑開，直到這個時候，我才遲鈍察覺到：我和簡良智究竟多久沒見了？怎麼會連他日漸削瘦的臉龐和身形都沒有看出來？

沒有來由的，有種從來未曾感受過的莫名情緒蠢蠢欲動，我沒輒地按住悄悄發疼的胸口，這樣的感覺，連自己都覺得懵懂。

「妳到底怎麼了？」原本是我想這麼問的，卻被他搶先。

然而，像是碰觸了心底埋藏的難癒傷口，更像是被提及了什麼不能言明的禁忌，我的眼眶就這樣迅速泛紅。剛才在計程車上我已經狠狠哭過一回了，現在我根本不想再難過的，明明來這裡的原意不是這樣啊！

這一點良知都沒有的簡良智，竟然有本事一句話就問得我催淚，他幹麼沒事惹我哭啊。

「就說沒有了……」我還在逞強，聲音卻像是不小心洩露了什麼脆弱情緒，透著濃濃的鼻音。

「好，妳不說，我直接打電話問張駿宇。」

「不要！」我立刻阻止他要拿起電話的動作，莫名其妙地激動大聲起來，「就沒怎樣你要我說什麼！」

「都哭了還說沒怎樣？是不是張駿宇惹妳不高興的？這傢伙！還說什麼有多喜歡妳，會好好珍惜妳，結果到最後還不是……」他也跟著暴躁地大聲起來，我不懂，我失戀，怎麼這簡良智比我還難過？

「不是不是都不是……」我急得哭了，眼淚沒有知覺地狂湧掉落。

要我怎麼說？

明明一開始簡良智早就叫我該坦承了，是我自卑心作祟，怎麼都不敢向宇表明我其實就是當年的歐小胖，直到現在，又讓宇聽到公司那些難堪的流言蜚語，我不知道自己還有什麼臉去面對他。

「那是怎麼樣？」他瞅著我，眼底充滿迫切的關懷之外，更隱藏了那份我並不能理解的情緒。

最後，我慘澹地吐露，「宇已經知道我是當年的歐小胖了，我們大概玩完了。」

後來，總是挺我到底的簡良智當然不可能再若無其事地回去加班，為了陪我，他義無反顧地蹺班。我們去到他公司附近，上次我光顧喝醉的那間酒吧，一上門，便是先叫了一打啤酒來喝。

這酒是越喝越悶，好多心裡話，總要趁著幾分醉意時才有勇氣說。簡良智也沒有閒著，他義氣相挺地酒一杯接著一杯喝，看著這個笨蛋，真不知道被甩的是我還是他。

「別管張駿宇了！歐詩蔚妳好樣的，來，我再敬妳一杯！」他已經漲紅了臉。明明知道自己酒量並不是太好，還是這樣扯鬆領帶硬著頭皮陪我喝。

我眼眶發熱地再吞下他說要敬我的酒，輕輕地自言自語，「簡良智，謝謝你。」

「再一杯！再來一杯，敬妳那個假身分，什麼夏蔚是吧？」

「是啊，敬我不用再費心掩飾的假身分，敬夏蔚！」

帶著點苦澀味道的啤酒，恰如其分地詮釋我此刻心情，又是一杯全乾了地下肚，解不了不能訴說的愁，又更愁。

醉意正濃，他的音量也逐漸不知分寸地放大，「歐詩蔚，妳這個傻瓜，為什麼要這麼害怕坦承自己的身分？為什麼要忙著否決自己的一切？歐小胖有歐小胖的開朗善良，Summer 有 Summer 的自信美麗，無論是哪個妳，都是獨一無二的妳自己啊！」

「是嗎？無論哪個我，都是獨一無二的我嗎……」

說著說著，我抬起失了焦的迷茫眼睛，好溫柔的語氣呀，這老是對我吐不出象牙的簡良智還眞難得對我開金口呢，瞧瞧這麼深情深邃的眼眸正瞅著我呢！我於是搭上他的寬厚肩膀追問：「那你說說，無論哪個我，都是男人會喜歡的嗎？宇會喜歡嗎？你呢，你都喜歡嗎？」

他沒有立即回答，只是含糊地悶哼兩聲，卻逼得我更急了，我於是撒嬌地將微醺發燙的臉龐湊近他，嘟著嘴，霸道得硬要他給我的一個答案，「你說嘛，說嘛，簡良智你喜歡我嗎？喜……」

不讓我說完，他已經吻住我了。

不是蜻蜓點水的輕輕一吻，而是彷若早已愛得天長地久不可自拔那樣強烈。

這瞬間，我的腦海唰地一片空白，心臟怦怦跳得好大聲，他溫熱的氣息全灑在我的臉上，是那麼的蠱惑我薄弱意識，直到最後，我甚至沒有想過要推開他，根本沒有想到我們怎麼可以接吻……

「喜歡！」而後，他嚷得好大聲，還用力拍拍胸膛附帶保證，「歐詩蔚，我告訴妳，這麼多年我一直都……」

「你們！」嗯？誰們？

我聞聲，輕飄飄地轉身過去，卻在清楚看見來者後，頓時神智清醒脊背僵硬。

是宇。因爲要找我所以跑來這裡的嗎？

「爲什麼你們兩個會在一起？」

我回首，望見傷心欲絕的宇，他就這樣站在我們後頭，不知道已經多久了。

事情怎麼會演變成這樣混亂的？

「宇……」我慌忙伸手，拚命想抓住要遠離的他，卻被他冷漠地狠狠甩開。

他粗啞的聲音極盡傷楚，「我愛上的，究竟是怎樣的妳？」

「宇，我……」再說什麼都是多餘的了吧。

「原來，我才是真正的傻瓜！」

語畢，他就這樣頭也不回地走掉。

誰來告訴我要怎麼停止這縈繞不息的痛苦與思念？

也不是不曾失戀過，只是，我不知道在和宇結束了戀情後，自己會是這樣失控般狠狠地痛，在無數個失眠夜裡哭著睡了，又睡著哭了，活得像是行屍走肉，像是落了靈魂的軀體，沒有思緒，更沒有意識地遊走。

宇最後離開的眼神是那麼樣的痛心絕望，彷彿我是全世界最狠毒狡詐的女人，他那樣使我椎心刺骨的眼神無所不在，現在才知道，原來，最痛的距離不是愛的人不在身邊，而是他在我心裡，卻怎麼也無法抽離。

這之後，不是沒有試著解釋過，只是，再怎麼打電話給他或是傳訊息都湮滅不了那晚在酒吧他親自眼見爲憑的事實。

公司漫天亂飛的八卦消息早已傳得滿城風雨，Summer 和 Ethan 的感情告吹是大家茶餘飯後的消遣話題，Yvonne 則是不放過機會地加油添醋到處放話，說她早預言了我劈腿的事實，上次撿到從我包包裡掉出來的那隻男用腕錶，就知道我是怎樣的女人了……

絲毫沒有反駁的餘地，或許我眞的是她們說的那樣。

畢竟那夜簡良智吻了我是事實，而我沒有推開也是事實。

「Summer 姊，總經理請妳去一趟他的辦公室。」

現在，唯一站在我這邊的只剩下安淇了。

她總是在同事面前爲我叫屈，我難過的時候她比我還要難過，甚至忿忿不平地抱著我大哭。說眞的，我已經很欣慰，從以前高中時期經歷了廖思涵事件，我就不再輕易相信女生之間的友情，但現在我眞的很感動。

「怎麼辦，他是不是要……」

「放心，沒事的啦。」我反倒成了安慰她的那個。

反正我的世界已經糟得一蹋糊塗了，應該不可能再更壞了吧，因此在見總經理前，我的心情出奇平靜。

只是，在眞正見到總經理低頭沉思的表情，我突然有了莫名的不祥預感。

既然事情都到這般地步了，那我也無所謂了。

「坐。」

我在總經理的指示下坐在他對面的座位，靜靜端詳他思考時候的舉動，雙手合十地緘默，或許，他正在思考要怎麼開口向我表達他所要說的。

總經理他應該也看到四處散播的醜陋照片和關於我那些亂七八糟的謠傳了。

半晌，他終於決定了什麼般開口，「說真的，我很賞識妳的工作能力，在韓國時，妳的工作態度與機伶應對我也都看在眼裡，只是……」

說到這裡，他猶豫地頓住，「只是」這兩個字是代表轉折的字彙，我突然懂了他不需言明的猶豫，這瞬間，我有種處之泰然的自若。

沒讓總經理把難以啟齒的話說下去，至少我還能保有僅存的尊嚴，這是我最後薄弱的堅持。

「我知道自己的過去在公司裡引起不必要的軒然大波，真的很抱歉，我會自動請假一陣子。關於新品發表會的部分，我會請安淇接手。」

沉靜良久，僵持的時間像是凝固了。我無懼地對上了總經理情緒複雜的眼睛，他像在我的眼裡搜尋什麼似的，又過一會兒，才緩緩道出，「依我看，還是把新品發表會交接給 Yvonne 吧。說真的，這次叫妳過來，我並沒有要責怪的意思，反而是要問問妳，有沒有意願去韓國駐點的公司上班？」

因爲出乎我的意料，所以我安靜了。

「先別急著拒絕，」總經理看穿了我內心交雜的矛盾思緒，以強調的語氣說：「這不是對妳的處置，而是欣賞妳工作能力做出的安排，好好考慮一下。」

而我幾乎沒有思考，「我接受。」

「妳確定？妳知道這代表妳得跟公司簽兩年約，每三個月才能回台休假一次？」

這樣也好，眞的，對現在的我而言，這樣很好。「是的。」

「很好，我期待妳的表現。」

後來，忘了自己是怎麼走出總經理室的，我只是平靜。

過了幾天，調職令很快發布下來，我隨便拾起了個簡陋的紙箱開始收拾桌子抽屜的東西，用了很久的造型筆筒、安淇送給我超可愛的迷你桌曆、我泡咖啡專用的馬克杯，還有據說是防小人的仙人掌盆栽，都被我依序安放在紙箱裡。在這之前，安淇從未聽我說過要調職，總樂觀認爲風波應該已經平息。她這下眼見不對，立即衝了過來。

「Summer 姊，妳在幹麼？」

「收拾東西。」我不敢看她，深怕只要觸及她擔憂的眼睛，就會打壞我此刻努力維持的心如止水，無法控制地淚水崩潰。

「爲什麼？」安淇伸手，粗魯心慌地想要阻攔，卻怎麼也停止不了我收拾物品的動作。「妳打算丟下我，自己離開了嗎？」

我則緊抿著唇，說不出任何回應的話，眼底無聲泛濫。

「怎麼可以這樣？為什麼走？又沒有做錯事情，妳為什麼要走？」

安淇難以接受，哭得像個小孩，我停下收拾私人物品的舉動，忍住哽咽，一直在她面前都是威風凜凜 Summer 哥的我，這刻，卻怎麼也威風不起來，我很想很帥氣地安慰她，說些「這沒什麼大不了」的場面話，卻在扯了個很難看的笑臉後，終於哭了出來。

「傻瓜，又沒什麼，這是調職，是總經理欣賞我的能力才這麼安排的喔，妳該為我高興才對啊！」

「什麼高興，以後上班都看不到妳了，我哪還高興得起來啊……」

不知道哭了多久，儘管安淇可憐兮兮地央求我別走，或是凶巴巴地威脅我一定得留下來，儘管她緊緊抓著我的衣角，不許我離開她，我都還是……

我也不想走，但是又不得不走。

後來，我拗不過安淇的苦苦哀求，她說一定要陪我到最後送我出辦公室，就這樣，在眾目睽睽之下，我捧著自己裝滿私人物品的單薄紙箱，迎面而來接受她們最後議論紛紛的異樣眼光。從沒想過我會這樣離開自己如此熱愛的工作崗位，遠赴異國。

好落寞。

安淇幫我按了電梯下樓，電梯門乍開的同時，宇從裡面走了出來，與我擦肩而過。

我低下頭，沒讓他看見自己悽悽然的最後表情，為了不讓他為難，我更要故作瀟灑地別開與他幾乎交疊的視線，那些年少時的深纏愛戀與短暫交往的依戀，只能默默放在心裡面。

我們永遠不會再見了吧？

身旁的安淇再也看不下去，突然一把拉住了宇，連我都沒來得及阻止。「Ethan，Summer 姊都要走了你還不留住她嗎？枉費她這麼喜歡你，只要談論到你，她就靦腆得像個少女，甚至為了你，她甘心放棄主導新品發表會，自願調職到冰天雪地的韓國耶！」

「妳對我，」他深望住我，像要看穿我的靈魂那樣，冷若冰霜的眼神是如此讓人心痛。「只是喜歡，不是愛吧？」

聽到這裡，安淇忍不住脫口，「你在胡說什麼啊！當然是……」

就怕自己再次悲傷潰堤，我用盡了最後的一絲力氣，拚命忍住哭泣，「安淇，不要這樣，是我自己，是我的錯，是我不該……」

「Summer 姊！」

宇不冷不熱的音調說著，聽不出他此刻真正的情緒，「我從來都沒有怪妳隱瞞身分這件事情，而且早就猜到幾分。Summer 就是歐詩蔚，妳們兩個根本是同一個人。可是，歐詩蔚，妳真的愛我嗎？」

「我……」

凝望宇的眼睛，明明該是眞摯深愛的篤定回答，告訴他我是眞的很愛他，怎麼卻當他質問的時候，我是這般啞口無言？

爲什麼我會如此遲疑……

於是，不等我開口，他執意淡漠地瞥開曾經溫柔眷戀著我的視線，陌生得像是我們從來不是彼此的誰一樣，直到我走進電梯裡，最後逐漸消失在他眼前。

甚至，連再見他都沒有說出口。

調職到韓國後，心情逐漸平靜沉澱下來，生活一切從零開始。

難以適應的不只是陌生環境與天寒地凍的溫帶氣候，有時候，迷失在熙熙攘攘沒有歸屬感的街道上，怎麼樣都找不到回公司宿舍的路，有時候，則是和韓國同事比手畫腳了半天，還是沒有人懂我想要表達的是什麼。不管我再怎麼好強，都有種突然好想放聲大哭的無助感。

歐詩蔚，這是妳自己當初做的決定，那就不要後悔！每個冷到發抖的下雪夜裡，我都咬著牙，這麼告訴自己。

「如果不行，那就回來吧，媽媽在這等妳。」我曾經也萌生過那就放棄回家的念頭，甚至哭著眞的開始動手打包行李。只是，每每想到宇在我離開前落下的那些問句，又頹然地停下動作，把胡亂塞進行李箱的毛衣一件一件重新拿出來掛好。

雖然知道逃避不對，但我更不知道自己還能用怎樣的心情面對被我殘忍背叛過的宇……

「我從來都沒有怪妳隱瞞身份這件事情，而且早就猜到幾分，Summer 就是歐詩蔚，妳們兩個根本是同一個人。」

沒有想到，最後，竟然是我可悲的自卑感作繭自縛，狠狠纏繞著自己不肯善罷甘休，儘管拚命想要忘記深深埋藏在心裡的那些灰暗過去與霸凌，而它們卻確確實實殘留在我的潛意識裡，直到多年之後，光鮮亮麗自認爲自信成熟的二十六歲歐詩蔚其實一點都不自信成熟，甚至還因此傷害了無辜的宇。

「對我，只是喜歡，不是愛吧？」

對不起，無論說了多少次，都難以抹滅吧。

同樣不知道該用怎樣心情面對的，還有另外一個人。我和簡良智，我們都沒有再聯絡了。

只是，早習慣了面對衣櫥就有人告訴我穿哪件衣服比較合適、比較襯我的膚色，早習慣了一化濃妝就被毒舌說「小姐今晚要去哪裡兼差」，早習慣了有人會神出鬼沒地現身房間跟我聊天哈拉，早習慣了去約會吃晚餐回來有人陪我揮汗運動，就爲了不再復胖……

從沒有想過，少了他的生活會是怎樣，原來，要適應是這麼困難。

在韓國漸入佳境時，已經是來到這邊的隔年，我開始眞心愛上首爾這座城市，週末的時候會趁著晴朗午後去到最愛的首爾塔這個地方，我總愛看來自各國的戀人們掛上愛心鎖那刻的幸福笑容。

有時候，則是漫無目的地遊走，偶爾是景福宮青瓦台，偶爾是狹鷗亭梨泰院，最近還會去到近郊的水源華城去瞧瞧。總之，就是拿著新買不久的單眼相機到處走走拍拍。

我沒有發現，這樣的自己已經入境隨俗到會有旅客拿著觀光導覽手冊把我當作本地女生問路了。

「Excuse me。」一個女孩打斷我正專注拍攝的思緒，帶著幾分靦腆的微笑，「Do you know……」

我已經習以爲常地接過她手中指著的地點，告訴她可以搭乘首爾的環城旅遊巴士或是選擇搭捷運，然後……

不小心瞄到她手抄的旅遊筆記本，娟秀的字體是再熟悉不過的繁體中文。

我邊想，邊脫口，「台灣人？」

女孩先愣了一下，回過神才興奮地朝我猛點頭。她說這是她第一次和男友還有一群朋友出來自助旅行，她還特別自告奮勇說要負責問路，感覺特別新鮮呢。

多可愛的巧遇。

道別之後，時間還早，心血來潮地突然想到近郊的京畿道，是剛剛那個女孩子隨口打聽的地點，早就聽說那裡有條駐滿咖啡廳的街道，我也想去看看。

就這樣，來到位於寶亭洞的竹田咖啡廳街，空氣裡瀰漫著迷人咖啡香，假日時，街道兩旁會有些擺起小玩意的攤位，是個充滿異國風情的美麗景點。

我一邊散步，一邊隨意瀏覽，直到被某個復古相機造型的小零錢包吸引才停住腳步。大概是最近迷上拍照的關係，只要是有關相機的周邊商品我都好想要。「這個多少錢？」

我抬眼，用韓文詢問小販的同時，目光不意觸及到背後咖啡廳那扇明亮落地大窗裡的某張面孔，竟是這樣地熟悉。

坐在咖啡廳裡靠窗位置的那個人啊，和身邊的朋友不知道聊到了什麼，開心的時候，那雙會笑的眼睛看起來更加燦亮深邃了。

宇，這些日子裡，你過得好嗎？

我還沒有移開視線，他身邊的女孩已經悄聲地在桌底下握住了他的手在，那不需言喻的甜蜜笑容像在說著：我們很幸福。

心有所感的，宇稍稍偏了角度，往窗外這邊看過來。就這樣，我闖進了他的視線，曾經以為再也不會交集的目光，這秒，是相互交疊的。

「可是，歐詩蔚妳真的愛我嗎？」

有人說過，時間總會映證些什麼，直到心情平靜下來，我才發現，當時自以爲是的愛情，其實全都是始於十七歲那時對於宇的暗戀，畢竟，他曾是我無法說出口的曖昧，和宇在一起，我眞的覺得已經圓了我這輩子最甜美的夢了。

然而，對於宇，也就僅止於這樣的憧憬。

坐在他對面的朋友轉過頭來，全部望向我這邊，我認出來了，其中一個女孩就是稍早之前向我問路的那個。她充滿驚奇地望向我，似乎對我們的二次相遇感到相當興奮，友善地朝我揮揮手。

我也朝那女孩僵硬地揮手揮了兩下，只是，有些不知所措的表情，還傻傻瞅著宇不放，不知道他對於當年感情錯置的抱歉是不是已然釋懷，還氣我嗎？還是已經是可以一笑置之的淡然了呢？

原來，原來我不是眞的愛宇。

而你肯原諒我了嗎？

這瞬間我的思緒亂七八糟的，根本平靜不下來。

他也顯然有些意外，愣了愣，然後，是他先表示友善地向我點點頭。

「你好嗎？」隔著玻璃窗，我張著誇大嘴型問他。

然後，他笑著對我說了。

「我很好。」

和公司簽約調職的兩年晃眼就過去。和宇的不期而遇後，得知他早就對我適懷，並且我還留了自己在韓國的聯絡方式，告訴他，如果再來玩，我可以當免費的嚮導。

因此，我的調職韓國不再只是逃避之旅，合約到期之前，我本來還想續約的，可是在媽媽百般不願之下作罷。她說我都已經老大不小了還簽什麼賣身契，連鈞蔚這個中年發胖的宅男都找到眞愛了，妳怎麼還閒在韓國？

於是，我就這樣回到台灣。

從機場直接上了計程車，凝視著車窗外不斷流轉的風景，眼見身處這麼熟悉的環境，明明知道自己離開得並不算久，但是這裡強烈的歸屬感與濃厚家鄉味都讓心裡變得輕鬆而踏實。

因爲手上還有些案子必須先回公司向總經理簡報，直到踏進久違的辦公室時，還有些情怯。這麼古怪的情緒，我實在難以言明。

安淇不知道守在門口等了我多久，遠遠的，一看見拖著行李的我，便立馬上前，毫不吝嗇給了我一個大大的熱情擁抱，她拉著我進公司，當年流言蜚語的八卦傳聞看來已經雲淡風輕，謠言平息之後，同事們看我的眼光已經不再刺目，甚至還恢復了昔日那樣的互動，紛紛向我打招呼哈拉，問我在韓國的工作如何，過得好嗎？下次去韓國玩可不可找我當導遊。而我這邊也沒閒著，趕忙挖出了從韓國帶回來的特產分發給這票姊姊妹妹們，她們則拿出了 Yvonne 先前的婚卡說要和我分享。

是呀，她已經結婚了，而且還趕進度生了一對雙胞胎，現在都在家裡做月子帶小孩了。所以，一回到公司，在總經理的指示下，我直接接管業務組和企劃組，等同於部長這樣重要的位置。

「哇，我都還來不及買鞭炮來放，總經理這麼快就宣布啦！」安淇一邊嘖嘖稱奇，一邊遺憾著沒能爲我的凱旋歸來放上一串紅鞭炮慶賀一下。

「有沒有那麼誇張？」我忍不住笑了，這安淇，怎麼兩年都過了還這麼孩子氣呢。職位這件事，還不是拿歲月來換的？

同樣拿歲月來換的，還有自己毫不自覺時便已經被冠上輕熟女的這個封號。媽媽在我回台之後整個人變得超級忙碌積極，據說她對著整條街的鄰居發下豪語，要在我成爲熟女之前把我嫁掉。

「詩蔚啊，晚上幫妳約了相親對象，在妳們公司附近的那間法式餐廳，別忘了啊。」

「還來？上次和隔壁街陳媽媽的兒子相親，上上次是和小阿姨同事的兒子，上上上次是和堂哥的球友，這次這個又是從哪裡冒出來的啊？」

「這次是媽媽朋友的同事啦，是妳愛的韓國人喔……」

我忍不住翻了個白眼，雖然電話那頭的媽媽並看不見，「媽，妳是不是會錯意啦？我只是愛上了首爾，並沒有愛上韓國人好嗎？況且妳老是賴在家裡哪來什麼朋友啊？」

「啊就……」媽媽在電話支吾半天也說不出個所以然來，「反正妳下班前化妝化漂亮點就對了啦！唉呀，我的菜要燒焦啦！先這樣！」

她電話掛得匆忙，我還莫名其妙地望了一眼牆上的壁鐘。下午三點半，真不知道她是在煮午餐還是做晚飯。

總之，這已經是回台灣不知道第幾攤了，會這麼硬著頭皮乖巧柔順地答應參加每次相親，是因為我不想再讓媽媽傷心了。只要想到兩年前我匆促決定調職去韓國時，媽媽淚灑機場緊抱著我，怎麼都不忍親自送我出境那個畫面，我就好難過。

就當只是吃頓飯囉。

幾場相親下來，這之中，當然也有幾個不錯的男生對我示好，就連偶爾聊個幾句的宇都會稍來關心，問問我是否有心儀的對象，想不想認識他幾個滿優秀的朋友？但是都被我婉拒了。

「喜歡！歐詩蔚，我告訴妳，這麼多年我一直都……」

在釐清了自己對於宇的感情僅止於當年少女的憧憬而非愛情之後，這兩年，我總忍不住想起那夜帶著醉意瘋狂失控的深吻。

從此，我的心裡住了一個人。

其實，也不是刻意不和簡良智聯絡了，只是在那之後，我不知道再說些什麼，或許他也是這般無言的複雜心情吧。

儘管吻了我，儘管嘴裡說喜歡，但是爲什麼？我不只一次地想問，爲什麼這些日子過去了，卻沒有再來找我？

他所謂的喜歡，只是說說的吧？或許，就像是多年前愚人節的告白，一切只是對我的惡作劇那樣，而我卻還傻得……

痴等。

過去他爲我虛擲青春，而現在，我爲他痴等。

聽起來很公平。

爲了當個聽話的好女兒，通常不到七點半是不會走出辦公室門口的我，在時間還不到六點就已經開始攬鏡補妝。其實也實在不需要怎麼補，我用的是自家研發的持久性粉餅，不是我在說，幾次實驗下來，這品質還眞不賴。

時間差不多時，媽媽和我直接約在法式餐廳碰面，我沒有想到，之前幾次的相親她都還放我自己出席，這次怎麼會隆重地說要參與，難道是相親失敗率太高，她得親自監督？還是單純因爲這次的對象是她朋友介紹的？

反正也不重要，我只管吃我的飯。才這麼想，媽媽就已經一身花枝招展地在我眼前現身。

「詩蔚呀，快進來，對方都來了喔。」

「喔。」點頭之餘，我瞄了腕錶，滿準時的嘛。

只是，一進入餐廳，還沒走到餐桌位置，我已經……

「歐小胖，妳幹麼，就算真的很感謝我也不需要以身相許好嗎？」

「誰要以身相許啊？你趕快閉上眼睛啦，要是你因此長針眼的話我可不負責喔！」

爲什麼簡良智會出現在這裡？

我難以置信地怔住，凝視這個自己深切思念的人，而他卻在燈火闌珊處，像是等了我許久般抬起眼眸，深望著我。

「還杵在這裡做什麼？快來啊！」

拚命忍住幾乎撲簌而下的眼淚和極欲壓抑欣喜若狂的情緒，從沒有想到，我們會是在這樣的場合上見面。所以，我要相親的對象是簡良智？這是在作夢嗎？如果眞是夢，那我怎樣也不寧願清醒！

「妳、妳要幹麼？女孩子家的，檢點些好嗎？」

「那你就轉過去嘛！要是你敢偷看你就死定了！」

「拜託，就算看到了也不會對妳起反應啦！」

「真的不會嗎？這樣真的一點都不性感嗎？那這樣呢？會不會宇也覺得我不性感啊，怎麼辦？簡良智快點救我，要怎樣男生才會覺得我很……」

我怯生生地向前，這麼久沒見，媽妳怎麼不早說？我忍不住暗自後悔應該多抹個唇膏之類的啊！還有，我今天穿這樣，簡良智會覺得好看嗎，會不會還是覺得我不夠性感……

才幾步的路程，我卻走得漫長，從他的眼裡，我彷彿也能看見他似乎有千言萬語的紊亂心情。

我緩緩在簡良智面前的坐下。他沒變，就像離開前那樣，只要不說話時候，看起來就是穩穩靜靜的。今天的他，是因爲要相親的關係，所以穿了筆挺修身的深色西裝？兩年沒見，他的氣度更沉穩了些，是因爲那條領帶顏色的緣故，讓他看來越加成熟嗎？太久沒見了，我貪婪的視線忍不住鎖定，就怕他又會不見似的，就連那一次又一次的呼吸，屬於成熟男人的胸膛線條微微起伏，我都看得目不轉睛。

只是，一觸及到我這樣的炙熱眼神，他便不著痕跡地轉移開來了。

「坐這裡幹麼？妳的位置在那裡啊。」

卻沒想到媽媽一屁股把我擠開，我乍然清醒，這時，才瞧見簡良智身邊有個眯眯眼男生猛瞅著我笑，我眞想問先生你哪位？有事嗎？

「妳好，我是今天和妳相親的金達偉。」

所以，要和我相親的人不是簡良智？我狐疑地轉過頭去，看到媽媽已經自己坐到簡良智對面去，準備開啓話匣子閒話家常。所以，她說的朋友，以及朋友的同事就是……

「很高興認識妳。」

眞大尾是嗎？誰管你是眞的大尾還是小尾，抱歉喔，我不高興認識你！

「聽說妳在韓國工作過兩年，很喜歡韓國，所以……」對面的眯眯眼男生對我笑眯眯的，不知道是不是因爲眼睛太小視線太窄，所以壓根沒有察覺我鐵青的臉色，已經主動口沫橫飛地對著我自我介紹起來。而讓我傻傻痴等了這麼久，簡良智竟然就這樣打算把我拱手讓人？

當我是白痴兼花痴嗎？虧我剛剛還那樣差點感動得痛哭流涕！

想到這裡，我的怒意直線升高。

於是我狠狠盯住簡良智。

「這裡的妹都很正耶，要不要拍幾個跟你分享？」

「本人不愛韓貨，請支持ＭＩＴ。」

模仿起當年他那麼忠良的回答，我一字一句充滿挑釁意味地開口，刻意說給他聽，「對不起，我只愛用國貨，請支持ＭＩＴ。」

媽媽嚇了好大一跳，在桌底下擰了一把我的大腿，而我，終於看見簡良智沉默的臉上掠過一絲不平靜，緊縮的瞳仁像是洩漏了什麼原本隱藏很好的情緒。

不像他還能把持得住，我卻再也難以隱忍地拍桌站了起來，想要揪住他襯衫領子的野蠻跋扈，「你這個一點良知都沒有的簡良智，爲什麼這麼久都不跟我聯絡？爲什麼吻了我之後就沒消沒息的，我一回來，就馬上聯合我媽塞個男人給我？既然對我沒有感覺就不要說喜歡我，既然說了喜歡我你就要負責啊！」

「誰叫你當年笑我笑得最慘最大聲，你、要、負、責！」

「有啊，我都說我要娶妳了嘛！」

說著說著，我嗚嗚咽咽地哭了出來，滿腹委屈的淚水沒有因爲逞強或是鬼吼鬼叫的虛張聲勢就自動蒸發，一但眼淚的開關被啟動，就不能隨心所欲地關上了，累積多時的脆弱，越去壓抑，就只會暴露更多情感。

我愛他。

不知道從什麼時候愛上的，反正我就是愛他！我愛這個一點良知都沒有，卻始終陪在我身邊的簡良智！而且愛了好久好久！

頓時，餐廳安靜下來。

媽媽的眼睛瞪得很大，瞇瞇眼韓國男生也不自覺地撐大眼眶，就連隔壁桌用餐的情侶檔也看戲一樣將目光瞪向簡良智，像在替我要個答案。

「有啊，我都說我要娶妳了嘛！」

每次都這樣，一看到我哭，他再怎麼裝酷都只能投降，面對我的時候，像面對個無理取鬧的小孩萬分包容。他站起身，來到我面前，幾經猶豫，還是伸手了，擦拭我怎麼都不止息的眼淚。

「只是，這句話說出口幾次就被妳打槍幾次，向妳告白也被當作惡作劇開玩笑，吻妳，妳還逃之夭夭跑到韓國，我不知道自己還能拿妳怎麼辦？妳告訴我，我到底該拿妳怎麼辦啊！」

隨著簡良智把問題丟回我的身上，眾人關注的焦點再度轉回我這邊。

而我再也管不了那麼多，心痛得要命，比被宇誤會的時候瘋狂劇痛了好幾千倍萬倍，像要被撕裂了那樣。如果他不再理我，如果他說他不愛我，我肯定會瘋掉。

「你很小氣耶，誰叫你當年笑我笑得最大聲，現在被我打槍幾次會怎樣？還有那個告白，誰會在愚人節那種日子告白啊？想要整人捉弄人才會那樣不是嗎？再說，幹麼趁人失戀喝醉的時候吻我啊？要吻，你就應該是要在我意識清楚，像是現在這種眾目睽睽光天化日底下吻……」

我啊。

話沒說完，他已經霍然俯身吻住我了。

都忘了媽媽還在場看傻了眼，三秒後，全場暴出一陣如雷掌聲，是媽媽熱烈鼓動的。她大概不用再擔心自己發下豪語，說要在我轉爲熟女之前把我嫁掉的這種話會破功了。

「歐小胖，我喜歡妳，一直都愛著妳。」

簡良智將臉龐深深埋在我長髮散落的肩頭，一個接著一個不斷落下的繾綣細吻，彷若印證了他難得溫柔吐露的真摯告白，這是我等了好久的答案。

儘管竊喜得要命，儘管我早哭得淅瀝嘩啦，但還是輸人不輸陣地耍帥，最後我說了……

「好啦好啦，早就知道你愛的人是我了。」

【全文完】

後．記

溫柔的愛

一直以為自己年紀一大把，在商周網路小說系列中也算是資深的作者，結果掐指一算，哎？原來我也只出版了幾本小說，代表作是少得可憐，所以這一切都是本人的自我感覺良好囉？

說些正經的，今年的目標是寫完兩個故事，這是前所未有的挑戰。在這之前，我一直很悠哉地度日，一年就這樣停停寫寫地完成一部小說，當然也會引頸看著別的作者寫作速度之快，從來沒想過自己也可以這樣咻咻咻地短時間完稿。不過，就在《盛夏の樹》交稿之後和編輯小聊，大概訂了下次交稿的時間，我就從此開始了勤奮的寫稿人生。

原來也不是辦不到的嘛。

這段期間，因為積極寫作，我的生活變得格外充實。說真的，我喜歡這樣的改變和寫故事的步調，也喜歡在部落格貼文後看見讀者朋友們很直接的回應，告訴我他們好喜歡看到歐小胖的轉變與成長，以及宇到底什麼時候才會發現她的真實身分啊？甚至，在看到歐小胖還沒變身正妹時慘遭霸凌時，都還會好生氣地為她抱不平與加油……

其實，起初在寫這部小說時，只是單純覺得小胖大作戰這樣的劇情應該是很有張力和想像空間的，然而，寫著寫著，我開始認為，不只是趣味而已，而是應該鼓勵到更多像歐小胖這樣的平凡女孩，每個人都該有與生俱來的潛質與美麗，當然，在這裡說的美麗並不只是化妝品堆積出來的表象，或是五顏六色服飾品撐起的衣架子，而是更多內在的東西，例如自信親切的笑容、專注認真的態度……等等。

You are so beautiful. 不知道這樣的理念，有沒有確切傳達出去了呢？

貓咪詩人 台中東勢

國家圖書館出版品預行編目資料

不溫柔宣言 / 貓咪詩人著. -- 初版. -- 臺北市：商周，城邦文化出版；家庭傳媒城邦分公司發行，民102.08
面 ； 公分. --（網路小說；221）

ISBN 978-986-272-408-8（平裝）

857.7 102011795

不溫柔宣言

作　　者／貓咪詩人
企畫選書人／楊如玉、陳思帆
責 任 編 輯／陳思帆

版　　權／翁靜如
行 銷 業 務／李衍逸、吳維中
總　編　輯／楊如玉
總　經　理／彭之琬
發　行　人／何飛鵬
法 律 顧 問／台英國際商務法律事務所　羅明通律師
出　　版／商周出版
台北市中山區民生東路二段 141 號 9 樓
電話：(02) 2500-7008　傳真：(02) 2500-7759
blog：http://bwp25007008.pixnet.net/blog
email：bwp.service@cite.com.tw
發　　行／英屬蓋曼群島商家庭傳媒股份有限公司城邦分公司
聯絡地址：台北市中山區民生東路二段 141 號 11 樓
書虫客服服務專線：(02) 25007718・(02) 25007719
24小時傳真服務：(02) 25001990・(02) 25001991
服務時間：週一至週五09:30-12:00・13:30-17:00
郵撥帳號：19863813　戶名：書虫股份有限公司
讀者服務信箱 email：service@readingclub.com.tw
城邦讀書花園網址：www.cite.com.tw
香港發行所／城邦（香港）出版集團有限公司
地址：香港灣仔駱克道 193 號東超商業中心 1 樓
email：hkcite@biznetvigator.com
電話：(852)25086231　傳真：(852) 25789337
馬新發行所／城邦（馬新）出版集團　Cité(M)Sdn. Bhd.
41, Jalan Radin Anum, Bandar Baru Sri Petaling,
57000 Kuala Lumpur, Malaysia.
電話：(603) 90578822　傳真：(603) 90576622
email:cite@cite.com.my

版 型 設 計／小題大作
封 面 插 圖／文成
封 面 設 計／山今伴頁
電 腦 排 版／浩瀚電腦排版股份有限公司
印　　刷／高典印刷有限公司
總　經　銷／高見文化行銷股份有限公司
電話：(02)2668-9005　傳真：(02)2668-9790
客服專線：0800-055-365

■ 2013 年（民 102）8月6日初版　Printed in Taiwan

城邦讀書花園
www.cite.com.tw

定價／180元

ISBN　978-986-272-408-8

商周出版

廣　告　回　函
北區郵政管理登記證
台北廣字第000791號
郵資已付，免貼郵票

104台北市民生東路二段 141 號 2 樓

英屬蓋曼群島商家庭傳媒股份有限公司　城邦分公司

請沿虛線對摺，謝謝！

商周出版

書號：BX4221	書名：不溫柔宣言	編碼：

請於此處用膠水黏貼

商周出版

讀者回函卡

謝謝您購買我們出版的書籍！請費心填寫此回函卡，我們將不定期寄上城邦集團最新的出版訊息。

姓名：________________________　性別：□男　□女

生日：西元__________年__________月__________日

地址：________________________________

聯絡電話：________________　傳真：________________

E-mail：________________________________

學歷：□1.小學　□2.國中　□3.高中　□4.大專　□5.研究所以上

職業：□1.學生　□2.軍公教　□3.服務　□4.金融　□5.製造　□6.資訊

□7.傳播　□8.自由業　□9.農漁牧　□10.家管　□11.退休

□12.其他________________________________

您從何種方式得知本書消息？

□1.書店　□2.網路　□3.報紙　□4.雜誌　□5.廣播　□6.電視

□7.親友推薦　□8.其他________________________

您通常以何種方式購書？

□1.書店　□2.網路　□3.傳真訂購　□4.郵局劃撥　□5.其他________

您喜歡閱讀哪些類別的書籍？

□1.財經商業　□2.自然科學　□3.歷史　□4.法律　□5.文學

□6.休閒旅遊　□7.小說　□8.人物傳記　□9.生活、勵志　□10.其他

對我們的建議：________________________________

____

____

____

____

請於此處用膠水黏貼